U0683113

送别

李叔同精品文集

李叔同 ✿ 著

SONGBIE
LISHUTONG JINGPIN WENJI

时代 成都时代出版社
CHENGDU TIMES PRESS

图书在版编目(CIP)数据

送别:李叔同精品文集 / 李叔同著. —成都:成都时代出版社,2014.1(2018.8 重印)

(青少年校园精品读物)

ISBN 978—7—5464—0803—3

Ⅰ.①送… Ⅱ.①李… Ⅲ.①诗集—中国—现代②杂文集—中国—现代③书信集—中国—现代 Ⅳ.①I216.2

中国版本图书馆 CIP 数据核字(2012)第 302849 号

送别：李叔同精品文集
SONGBIE:LISHUTONG JINGPIN WENJI
李叔同　著

出 品 人	石碧川
责任编辑	陈余齐
责任校对	李　航
装帧设计	红十月工作室
责任印制	唐莹莹
出版发行	成都时代出版社
电　　话	(028)86621237(编辑部)
	(028)86615250(发行部)
网　　址	www. chengdusd. com
印　　刷	北京一鑫印务有限责任公司
规　　格	690mm×960mm　1/16
印　　张	12
字　　数	190 千
版　　次	2014 年 1 月第 1 版
印　　次	2018 年 8 月第 3 次印刷
书　　号	ISBN 978—7—5464—0803—3
定　　价	29.80 元

前言
QIANYAN

　　"综师一生，为翩翩之佳公子，为激昂之志士，为多才之艺人，为严肃之教育者，为戒律精严之头陀，而以倾心西极，吉祥善逝。"

　　这段文字是夏丏尊对李叔同的评价。

　　李叔同，又名李息霜、李岸、李良，谱名文涛，幼名成蹊，学名广侯，字息霜，别号漱筒；祖籍浙江平湖，生于天津。中国话剧的开拓者之一，在音乐、书法、绘画和戏剧方面，都颇有造诣。从日本留学归国后，担任过教师、编辑之职，后剃度为僧，法名演音，号弘一，晚号晚晴老人。

　　李叔同是学术界公认的奇才和通才，作为中国新文化运动的先驱，是他最早将西方的音乐、绘画、歌剧等引入中国。同时在书法、丹青、音律、金石、演绎以及诗词等方面，李叔同也有极高的造诣。尤其是诗词等文学领域，他曾略显自负地以"二十文章惊海内"自夸，虽然是年轻在俗时的豪言，却也真实地反映了他在文学上的才华。

　　39 岁时李叔同在杭州虎跑定慧寺出家，于是李叔同成为过去，弘一法师开始在佛学领域展现才华与悟性。

　　可以说李叔同的一生是平淡而传奇的一生，他的艺术修为与佛学造诣足以让后来人仰视。于是我们怀着虔诚与恬淡的心走近李叔同的文字世界，去品读他的人生感悟。

目录

CONTENTS

诗词作品

佛学著作

书信选摘

杂文随笔

诗 词 作 品

皎皎昆岗，山顶月、有人长啸。看囊底、宝刀如雪，恩仇多少双手裂开鼪鼠胆，寸金铸出民权脑。算此生不负是男儿，头颅好。荆轲墓，咸阳道；聂政死，尸骸暴。尽大江东去余情还绕。魂魄化成精卫鸟，血华溅作红心草。看从今、一担好山河，英雄造。

送别

长亭外

古道边

芳草碧连天

晚风扶柳笛声残

夕阳山外山

天之涯

地之角

知交半零落

一壶浊酒尽余欢

今宵别梦寒

伤春

看落花飘，听杜鹃叫，一片片是惊报，一声声是警告。
看落花飘，听杜鹃叫，似劝说觉悟呀！青春易老。

人生过隙驹，今日朱颜，明日憔悴。
人生过隙驹，今日繁华明日非。

花落人怜，人死谁悲？花落人埋，人死谁瘗？
叹落红之漂泊，感人生之须臾。

看落花飘，听杜鹃叫，一片片是惊报，一声声是警告。
看落花飘，听杜鹃叫，似劝说觉悟呀！青春易老。

人生过隙驹，今日朱颜，明日憔悴。
人生过隙驹，青春一去徒伤悲。

三宝歌

人天长夜，宇宙黯暗，谁启以光明？
三界火宅，众苦煎迫，谁济以安宁？
大悲大智大雄力，南无佛陀耶！
昭朗万有，祍席群生，功德莫能名！
今乃知，唯此是，真正皈依处。
尽形寿，献身命，信受勤奉行！

二谛总持，三学增上，恢恢法界身。
净德既圆，染患斯寂，荡荡涅槃城。
众缘性空唯识现，南无达摩耶！
理无不彰，蔽无不解，焕乎其大明！
今乃知，唯此是，真正皈依处。
尽形寿，献身命，信受勤奉行！

依净律仪，成妙和合，灵山遗芳型。
修行正果，弘法利世，焰续佛灯明。
三乘圣贤何济济，南无僧伽耶！
统理大众，一切无碍，住持正法城！
今乃知，唯此是，真正皈依处。
尽形寿，献身命，信受勤奉行！

春游

春风吹面薄於纱，
春人妆束淡於画。
游春人在画中行，
万花飞舞春人下。
梨花淡白菜花黄。
柳花委地芥花香。
莺啼陌上人归去，
花外疏钟送夕阳。

梦

哀游子茕茕其无依兮,在天之涯。

惟长夜漫漫而独寐兮,时恍惚以魂驰。

梦偃卧摇篮以啼笑兮,似婴儿时。

母食我甘酪兴粉饵兮,父衣我以彩衣。

月落乌啼,梦影依稀,往事知不知?

泪半生哀乐之长逝兮。感亲之恩其永垂。

哀游子怆怆而自怜兮,吊形影悲。

惟长夜漫漫而独寐兮,时恍惚以魂驰。

梦挥泪出门辞父母兮,叹生别离。

父语我眠食宜珍重兮,母语我以早归。

日落乌啼,梦影依稀,往事知不知?

泪半生哀乐之长逝兮,感亲之恩其永垂。

天风

　　云，云，拥高峰。气葱葱，极。苍耸耸，苍耸耸，凌绝顶，侧足缥缈乘天风。咳唾生明珠，吐气嘘长虹。俯视培之垒垒，烟斑黛影半昏蒙。仰视寥廓之明明，天风回碧空。

　　浒洋洋，浒洋洋，浮巨溟。纷蒙蒙，接苍穹。浪汹汹，浪汹汹，攒锋。扬泄汗漫乘天风。散发粲云霞，长啸惊蛟龙。俯视积流之茫茫，百川四渎齐朝宗。俯观寥廓之明明，天风回碧空。

　　天风荡吾心魄兮，绝于尘埃之外游神太虚。

　　天风振吾衣袂兮，超乎万物之表与世长遗。

朝阳

观朝阳耀灵东方兮,灿庄严伟大之灵光。彼长眠之空暗暗兮,流绛彩以辉煌。

观朝阳耀灵东方兮,灿庄严伟大之灵光。彼冥想之海沉沉兮,荡金波以飞扬。

神、惟神,创造世界,创造万物,赐予光明、赐予幸福无疆。观朝阳耀灵东方兮,感神恩之久长。

清凉

清凉月，月到天心光明殊皎洁。

今唱清凉歌，心地光明一笑呵！

清凉风，凉风解愠暑气已无踪。

今唱清凉歌，热恼消除万物和！

清凉水，清水一渠涤荡诸污秽。

今唱清凉歌，身心无垢乐如何！

清凉！清凉！无上究竟真常！

晚钟

大地沉沉落日眠，平墟漠漠晚烟残。

幽鸟不鸣暮色起，万籁俱寂丛林寒。

浩荡飘风起天杪，摇曳钟声出尘表。

绵绵灵响彻心弦，幽思凝冥杳。

众生病苦谁持扶？尘网颠倒泥涂污。

惟神悯恤敷大德，拯吾罪过成正觉；

誓心稽首永皈依，瞑瞑入定陈虔祈。

倏忽光明烛太虚，云端仿佛天门破；

庄严七宝迷氤氲，瑶华翠羽垂缤纷。

浴灵光兮朝圣真，拜手承神恩！

仰天衢兮瞻慈云，忽现忽若隐。

钟声沉暮天，神恩永存在。

神之恩，大无外！

花香

庭中百合花开,昼有香、香淡如,入夜来,香乃烈。

鼻观是一,何以昼夜浓淡有殊别?

白尽众喧动,纷纷俗务荣。

目视色,耳听声,鼻观之力分于耳目丧其灵。

心清闻妙香。

用志不分,乃凝于神,古训好参详。

世梦

欲来观世间,犹如梦中事,

人生自少而壮,自壮而老,

自老而死,俄入胞胎,俄出胞胎,

又入又出无穷已,生不知来,死不知去,

蒙蒙然,冥冥然,千生万劫不自知,非真梦欤?

枕上片时春梦中,行尽江南数千里。

今贪名利,梯出航海岂必枕上尔!

庄生梦蝴蝶,孔子梦周公,梦时固是梦,醒时何非梦?

广大劫来,一时一刻皆梦中。

破尽无明,大觉能仁,如是乃为梦醒汉!

如是乃名无上尊!

归燕

几日东风过寒食，
秋来花事已烂珊，
疏林寂寂变燕飞，
低徊软语语呢喃。
呢喃呢喃。
雕梁春去梦如烟，
绿芜庭院罢歌弦，
乌衣门巷捐秋扇。
树杪斜阳淡欲眠，
天涯芳草离亭晚。
不如归去归故山。
故山隐约苍漫漫。
呢喃呢喃，不知归去归故山

秋柳

堤边柳到秋天,叶乱飘,叶落尽,只剩得细枝条,想当日绿荫荫,

春光好,今日里冷清清,

秋色老,风凄凄,雨凄凄,

君不见眼前景已全非,

一思量,一回首,不胜悲。

忆儿时

春秋来，岁月如流，游子伤漂泊。

回忆儿时，家居嬉戏，光景宛如昨。

茅屋三椽，老梅一树，树底迷藏捉。

高枝啼鸣，小川游鱼，曾把闲情。

儿时欢乐，斯乐不可作。

儿时欢乐，斯乐不可作。

夕歌

光阴似流水，不一会儿课毕放学归。

我们仔细想一回，今天功课明白未？

老师讲的话可曾有违背？

父母望儿归，我们一路莫徘徊。

将来治国平天下，全靠吾辈。

大家努力吧！同学们明天再会。

采莲

采莲复采莲，

莲花莲叶何蹁跹，

露华如珠月如水，

十五十六清光圆。

采莲复采莲，

莲花莲叶何蹁跹。

山色

近观山色苍然青，其色如蓝。

远观山色郁然翠，如蓝成靛，山色非变。

山色如故，目力有长短，自近渐远，

易青为翠，自远渐近，易翠为青，时常更换。

是由缘会，幻相现前，非唯翠幻，

而青亦幻，是幻，是幻，万法皆然。

观心

世间学问义理浅。

头绪多，似易而反难。

出世学问义理深。

线索一，离难而似易。

线索为何，现前一念心性应寻觅。

试观心性，在内钦？

在外钦？

在中间钦？

过去钦？

现在钦？

或未来钦？

长短方圆钦？

赤白青黄钦？

觅心了不可得：

便悟自性真常，是应直下信入，未可错下承当。

试观心性，内外、中间、过去、现在、未来、长短、方圆、赤白、青黄。

幽居

唯空毂寂寂,有幽人抱贞独,
时逍遥以徜徉,在山之麓。
抚磐石以为床,翳长林以为屋,
眇万物而达观,可以养足。

唯清溪泠泠,有幽人怀灵芬。
时逍遥以徜徉,在水之滨。
扬素波以濯足,临清流以低吟。
睇天宇之廓廖,可以养真。

为沪学会撰文野婚姻新戏册既竟系之以诗

床第之么健得耻，为气任侠有厅女。

鼠子胆裂国魂号，断头台上血花紫。

东邻有儿背佝偻，西邻有女犹含羞。

螳蛄宁识春与秋，金莲鞋子玉搔头。

河南河北间桃李，点点落红已盈呎。

自由花开八千春，是真自由能不死。

誓度众生成佛果，为现歌台说法身。

孟旃不作吾道绝，中原滚地皆胡尘。

滑稽传题词四绝

斗酒亦醉石亦醉，到心惟作平等观。

此中消息有盈（月肉），春梦一觉秋风寒。

中原一士多厅姿，纵横宇合卑莎维。

人言毕肖在须眉，茫茫心事畴谁知。

婴武伺人工趣语，杜鹃望帝凄春心。

太平歌舞且抛却，来向神州怃陆沈。

南山豆苗肥复肥，北山猿鹤飞复飞。

我欲蹈海乘风归，琼楼高处斜阳微。

金缕曲——留别祖国，并呈同学诸子

披发佯狂走。莽中原，暮鸦啼彻，几枝衰柳。破碎河山谁收拾，零落西风依旧，便惹得离人婆婆世界有瘦。行矣临流重太息，说相思，刻骨双红豆。愁黯黯，浓于酒。漾情不断淞波溜。恨年来絮飘萍泊，遮难回首。二十文章尺海内，毕竟空谈何有？听匣底苍龙狂吼。长夜凄风眠不得，度群生那惜心肝剖？是祖国，忍孤负！

喝火令

故国鸣（鹁）鸪，垂杨有暮鸦。

江山如画日西斜，新月撩人透入碧窗纱。

陌上青青草，楼头艳艳花，洛阳儿女学琵琶。

不管冬青一树属谁家，不管冬青树底影事一些些。

《喝火令》哀国民之心死也。今年（丙午）在津门作。

醉时

醉时歌器醒时迷,甚矣吾衰慨凤兮。
帝子祠前芳草绿,天津桥上杜鹃啼。
空梁落月窥华发,无主行人唱大堤。
梦里家山渺何处,沈沈风雨暮天西。

茶花女遗事演后感赋

东邻有女背伛偻，西邻有女犹含羞。

蟪蛄宁识春与秋，金莲鞋子玉搔头。

拆度众生成佛果，为现歌台说法身。

孟旃不作吾道绝，中原滚地皆胡尘。

书愤

文采风流上座倾，眼中竖子遂成名！
某山某不留奇迹，一草一花是爱根。
休矣著书俟赤鸟，悄然挥记扇避青蝇。
众生何用干霄哭，隐隐朝廷有笑声。

春风

春风几日落红堆，明镜明朝白发摧。

一颗头颅一杯酒，南山猿鹤北山莱。

秋娘颜色娇欲语，小雅文章凄以哀。

昨夜梦游王母国，夕阳如血染楼台。

初梦

鸡犬无声天地死，风景不殊山河非。

妙莲华开大尺五，弥勒松高腰十围。

恩仇恩仇若相忘，翠羽明珠（裲）裆。

隔断红尘三万里，先生自号水仙王。

清平乐——赠许幻园

城南小祝情适闲居赋。

文采风流合倾慕。

闭户著书自足。

阳春常驻山家。

金樽酒进胡麻。

篱畔菊花未老，

岭头又放梅花。

和宋贞题城南草图原韵

门外风花各自春,空中楼阁画中身。而今得结烟霞侣,休管人生幻与真。

　　庚子初夏,余寄居草堂,得与幻园趄夕聚首。曩幻园于丁酉冬,作二十岁自述诗,张蒲友孝谦为题词云:无真非幻,无幻非真。可谓深知幻园者矣。李成蹊。

题 梦仙花卉横幅

人生如梦耳，哀乐到心头。

洒剩两行泪，吟成一夕秋。

慈云渺天末，明月下南楼。

寿世无长物，丹青片羽留。

戏赠蔡小香四绝

眉间愁语烛边情，素手掺掺一握盈。

艳福者般真羡煞，侍人个个唤先生。

云髻蓬松粉薄施，看来西子捧心时。

自从一病恹恹后，瘦了春山几道眉。

轻减腰围比柳姿，刘桢平视故迟迟。

佯羞半吐丁香舌，一段浓芳是口脂。

愿将天上长生药，医尽人间短命花。

自是中郎精妙术，大名传遍沪江涯。

题陈师曾荷花小幅

　　师曾画荷花，昔藏余家。癸丑之秋，以贻听泉先生同学。今再展玩，为缀小词。时余将入山坐禅，慧业云云，以美荷花，亦以是自劭也。丙辰寒露。一花一叶，孤芳致洁。昏波不染，成就慧业。

夜泊塘沽

杜宇声声归去好，天涯何外无芳草。

春来春去奈愁何，流光一霎催人老。

新鬼故鬼鸣喧哗，野火燐燐树影遮。

月似解人离别苦，清光减作一钩斜。

遇风愁不成寐

到津次夜,大风怒吼,金铁皆鸣,愁不成寐。

世界鱼龙混,天心何不平?
岂因时事感,偏作怒号声。
烛尽难寻梦,春寒况五更。
马嘶残月堕,笳鼓万军营。

西江月——宿塘沽旅馆

残漏惊人梦里，孤灯对景成双。

前尘渺渺渺风思量，祇道人归是谎。

谁说春宵苦短，算来竟比年长。

海风吹起夜潮狂，怎把新愁吹涨？

满江红——民国肇造填满江红志感

皎皎昆嵛,山顶月、有人长啸。看囊底、宝刀如雪,恩仇多少？双手裂开鼷鼠胆,寸金铸出民权脑。算此生不负是男儿,头颅好。荆轲墓,咸阳道;聂政死,尸骸暴。尽大江东去余情还绕。魂魄化成精卫鸟,血华溅作红心草。看从今一担好山河,英雄造。

题丁慕琴绘黛玉葬花图二绝

其一

收拾残红意自勤，携锄替筑百花坟。

玉钩斜畔隋家塜，一样千秋冷夕曛。

其二

飘零何事怨春归，九十韶光花自飞。

寄语芳魂莫惆怅，美人香草好相依。

秋柳

甚西风吹绿隋隄衰柳，江山依旧。

只风景依稀凄闵时候。零星旧梦半沉浮，

说阅尽兴亡，遮难回首。

昔日珠帘锦幌，有淡烟一缕，纤月盈钩。

剩水残山故国秋。知否？

眼底离麦秀。说甚无情，情丝踱到心头。

杜鹃啼血哭神州，海棠有泪伤秋瘦。

深愁浅愁难消受，谁家庭院笙歌又。

遇风愁不成寐

世界鱼龙混，天心何不平。

岂因时事感，偏作怒号声。

烛烬难寻梦，春寒况五更。

马嘶残月坠，笳鼓万军营。

早秋

十里明湖一叶舟，
城南烟月水西楼，
几许秋容娇欲流，
隔着垂杨柳。
远山明净眉尖瘦，
闲云飘忽罗纹绉，
天末凉风送早秋，
秋花点点头。

春游

春风吹面薄于纱，
春人妆束淡于画，
游春人在画中行，
万花飞舞春人下.
梨花淡白菜花黄，
柳花委地芥花香，
莺啼陌上人归去，
花外疏钟送夕阳。

43

悲秋

西风乍起黄叶飘，
日夕疏林杪。
花事匆匆，梦影迢迢，
零落凭谁吊。

镜里朱颜，愁边白发，
光阴催人老，
纵有千金，纵有千金，
千金难买年少。

月夜

纤云四卷银河净，梧叶萧疏摇月影；

剪径凉风阵阵紧，暮鸦栖止未定。

万里空明人意静，

呀！是何处，敲彻玉磬，一声声清越度幽岭。

呀！是何处，声相酬应，是孤雁寒砧并。

想此时此际，幽人应独醒，倚栏风冷。

落花

纷,纷,纷,纷,纷,纷……

惟落花委地无言兮,化作泥尘;

寂,寂,寂,寂,寂,寂……

何春光长逝不归兮,永绝消息。

忆春风之日暝,芬菲菲以争妍;

既乘荣以发秀,倏节易而时迁。

春残,览落红之辞枝兮,伤花事其阑珊;

已矣! 春秋其代序以递嬗兮,俯念迟暮。

荣枯不须臾,盛衰有常数;

人生之浮华若朝露兮,泉壤兴衰;

朱华易消歇,青春不再来。

月

仰碧空明明,朗月悬太清;
瞰下界扰扰,尘欲迷中道;
惟愿灵光普万方,
荡涤垢滓扬芬芳,
虚渺无极,圣洁神秘,
灵光常仰望!
惟愿灵光普万方,
荡涤垢滓扬芬芳,
虚渺无极,圣洁神秘,灵光常仰望!

佛 学 著 作

我有句老实话对诸位说：菩萨戒不是容易得的，沙弥戒及比丘戒是不能得的。无论出家或在家人所希望者，唯有三皈五戒。我们倘能得三皈五戒，那就是很好的了。因受持五戒，来生定可为人。既能持五戒，再说念阿弥陀佛名号求生西方，临终时，定能注生西方极乐世界，岂不甚好。

南闽十年之梦影

本文系弘一大师一九三七年三月二十八日在南普陀寺佛教养正院讲。

我一到南普陀寺,就想来养正院和诸位法师讲谈讲谈,原定的题目是"余之忏悔",说来话长,非十几小时不能讲完;近来因为讲律,须得把讲稿写好,总抽不出一个时间来,心里又怕负了自己的初愿,只好抽出很短的时间,来和诸位谈谈,谈我在南闽十年中的几件事情!

我第一回到南闽,在一九二八年的十一月,是从上海来的。起初还是在温州,我在温州住得很久,差不多有十年光景。

由温州到上海,是为着编辑《护生画集》的事,和朋友商量一切;到十一月底,才把《护生画集》编好。

那时我听人说:尤惜阴居士也在上海。他是我旧时很要好的朋友,我就想去看一看他。一天下午,我去看尤居士,居士说要到暹罗国去,第二天一早就要动身的。我听了觉得很喜欢,于是也想和他一道去。

我就在十几小时中,急急地预备着。第二天早晨,天还没大亮,就赶到轮船码头,和尤居士一起动身到暹罗国去了。从上海到暹罗,是要经过厦门的,料不到这就成了我来厦门的因缘。十二月初,到了厦门,承陈敬贤居士的招待,也在他们的楼上吃过午饭,后来陈居士就介绍我到南普陀寺来。那时的南普陀,和现在不同,马路还没有建筑,我是坐着轿子到寺里来的。

到了南普陀寺,就在方丈楼上住了几天。时常来谈天的,有性愿老法师、芝峰法师……等。芝峰法师和我同在温州,虽不曾见过面,却是很相契的。现在突然在南普陀寺晤见了,真是说不出的高兴。

我本来是要到暹罗去的,因着诸位法师的挽留,就留滞在厦门,不想到暹罗国去了。

在厦门住了几天,又到小云峰那边去过年。一直到正月半以后才回到厦门,住在闽南佛学院的小楼上,约莫住了三个月工夫。看到院里面的学僧虽然只有二十几位,他们的态度都很文雅,而且很有礼貌,和教职员的感情也很不差,我当时很赞美他们。

这时芝峰法师就谈起佛学院里的课程来。他说:"门类分得很多,时间的分配却很少,这样下去,怕没有什么成绩吧?"因此,我表示了一点意见,大约是说:"把英文和算术等删掉,佛学却不可减少,而且还得增加,就把腾出来的时间教佛学吧!"他们都很赞成。听说从此以后,学生们的成绩,确比以前好得多了!

我在佛学院的小楼上,一直住到四月间,怕将来的天气更会热起来,于是又回到温州去。

第二回到南闽,是在一九二九年十月。起初在南普陀寺住了几天,以后因为寺里要做水陆,又搬到太平岩去祝等到水陆圆满,又回到寺里,在前面的老功德楼住着。

当时闽南佛学院的学生,忽然增加了两倍多,约有六十多位,管理方面不免感到困难。虽然竭力的整顿,终不能恢复以前的样子。不久,我又到小雪峰去过年,正月半才到承天寺来。

那时性愿老法师也在承天寺,在起草章程,说是想办什么研究社。

不久,研究社成立了,景象很好,真所谓"人才济济",很有一种难以形容的盛况。现在妙释寺的善契师,南山寺的传证师,以及已故南普陀寺的广究师,……都是那时候的学僧哩!

研究社初办的几个月间,常住的经忏很少,每天有工夫上课,所以成绩卓著,为别处所少有。当时我也在那边教了两回写字的方法,遇有闲空,又拿寺里那些古版的藏经来整理整理,后来还编成目录,至今留在那边。这样在寺里约莫住了三个月,到四月,怕天气要热起来,又回到温州去。

一九三一年九月,广洽法师写信来,说很盼望我到厦门去。当时我就从温州动身到上海,预备再到厦门;但许多朋友都说:时局不大安定,远行颇不相宜,于是我只好仍回温州。直到转年(即一九三二年)十月,到了厦门,计算起来,已是第三回了!

到厦门之后,由性愿老法师介绍,到山边岩去住;但其间妙释寺也去住了几天。那时我虽然没有到南普陀来住;但佛学院的学僧和教职员,却是常常来妙释寺谈天的。

一九三三年正月廿一日,我开始在妙释寺讲律。

这年五月,又移到开元寺去。

当时许多学律的僧众,都能勇猛精进,一天到晚地用功,从没有空过的工夫;就是秩序方面也很好,大家都啧啧的称赞着。

有一天,已是黄昏时候了!我在学僧们宿舍前面的大树下立着,各房灯火发出很亮的光;诵经之声,又复朗朗入耳,一时心中觉得有无限的欢慰!可是这种良好的景象,不能长久的继续下去,恍如昙花一现,不久就消失了。但是当时的景象,却很深的印在我的脑中,现在回想起来,还如在大树底下目睹一般。这是永远不会消灭,永远不会忘记的啊!

十一月,我搬到草庵来过年。

一九三四年二月,又回到南普陀。

当时旧友大半散了;佛学院中的教职员和学僧,也没有一位认识的!

我这一回到南普陀寺来,是准了常惺法师的约,来整顿僧教育的。后来我观察情形,觉得因缘还没有成熟,要想整顿,一时也无从着手,所以就作罢了。此后并没有到闽南佛学院去。

讲到这里,我顺便将我个人对于僧教育的意见,说明一下:

我平时对于佛教是不愿意去分别哪一宗、哪一派的,因为我觉得各宗各派,都各有各的长处。

但是有一点,我以为无论哪一宗哪一派的学僧,却非深信不可,那就是佛教的基本原则,就是深信善恶因果报应的道理。善有善报,恶有恶报;同时还须深信佛菩萨的灵感! 这不仅初级的学僧应该这样,就是升到佛教大学也要这样!

善恶因果报应和佛菩萨的灵感道理,虽然很容易懂;可是能彻底相信的却不多。这所谓信,不是口头说说的信,是要内心切切实实去信的呀!

咳! 这很容易明白的道理,若要切切实实地去信,却不容易啊!

我以为无论如何,必须深信善恶因果报应和诸佛菩萨灵感的道理,才有做佛教徒的资格!

须知善有善报,恶有恶报,这种因果报应,是丝毫不爽的! 又须知我们一个人所有的行为,一举一动,以至起心动念,诸佛菩萨都看得清清楚楚!

一个人若能这样十分决定地信着,他的品行道德,自然会一天比一天地高起来!

要晓得我们出家人(就所谓僧宝),在俗家人之上,地位是很高的。所以品行道德,也要在俗家人之上才行!

倘品行道德仅能和俗家人相等,那已经难为情了! 何况不如? 又何况十分的不如呢? ……咳……这样他们看出家人就要十分的轻慢,十分的鄙视,种种讥笑的话,也接连的来了。……

以上所说,并不是单单养正院的学僧应该牢记,就是佛教大学的学僧也应该牢记,相信善恶因果报应和诸佛菩萨灵感不爽的道理!

就我个人而论,已经是将近六十的人了,出家已有二十年,但我依旧喜欢看这类的书! 记载善恶因果报应和佛菩萨灵感的书。

我近来省察自己,觉得自己越弄越不像了! 所以我要常常研究这一类的书:希望我的品行道德,一天高尚一天;希望能够改过迁善,做一个好人;又因为我想做一个好人,同时我也希望诸位都做好人!

这一段话,虽然是我勉励我自己的,但我很希望诸位也能照样去实行!

关于善恶因果报应和佛菩萨灵感的书,印光老法师在苏州所办的弘化社那边印得很多,定价也很低廉,诸位若要看的话,可托广洽法师写信去购请,或者他们会赠送也未可知。

以上是我个人对于僧教育的一点意见。下面我再来说几样事情：

我于一九三五年到惠安净峰寺去祝到十一月，忽然生了一场大病，所以我就搬到草庵来养病。

这一回的大病，可以说是我一生的大纪念！

我于一九三六年的正月，扶病到南普陀寺来。在病床上有一只钟，比其他的钟总要慢两刻，别人看到了，总是说这个钟不准，我说：这是草庵钟。别人听了"草庵钟"三字还是不懂，难道天下的钟也有许多不同的么？现在就让我详详细细地来说个明白：

我那一回大病，在草庵住了一个多月。摆在病床上的钟，是以草庵的钟为标准的。而草庵的钟，总比一般的钟要慢半点。

我以后虽然移到南普陀，但我的钟还是那个样子，比平常的钟慢两刻，所以"草庵钟"就成了一个名词了。这件事由别人看来，也许以为是很好笑的吧！但我觉得很有意思！因为我看到这个钟，就想到我在草庵生大病的情形了，往往使我发大惭愧，惭愧我德薄业重。

我要自己时时发大惭愧，我总是故意地把钟改慢两刻，照草庵那钟的样子，不止当时如此，到现在还是如此，而且愿尽形寿，常常如此。

以后在南普陀住了几个月，于五月间，才到鼓浪屿日光岩去。十二月仍回南普陀。

到今年一九三七年，我在闽南居住，算起来，首尾已是十年了。

回想我在这十年之中，在闽南所做的事情，成功的却是很少很少，残缺破碎的居其大半，所以我常常自己反省，觉得自己的德行，实在十分欠缺！

因此近来我自己起了一个名字，叫"二一老人"。什么叫"二一老人"呢？这有我自己的根据。

记得古人有句诗："一事无成人渐老。"清初吴梅村（伟业）临终的绝命词有："一钱不值何消说。"这两句诗的开头都是"一"字，所以我用来做自己的名字，叫做"二一老人"。

因此我十年来在闽南所做的事,虽然不完满,而我也不怎样地去求他完满了! 诸位要晓得:我的性情是很特别的,我只希望我的事情失败,因为事情失败、不完满,这才使我常常发大惭愧! 能够晓得自己的德行欠缺,自己的修善不足,那我才可努力用功,努力改过迁善!

一个人如果事情做完满了,那么这个人就会心满意足,洋洋得意,反而增长他贡高我慢的念头,生出种种的过失来! 所以还是不去希望完满的好!

不论什么事,总希望他失败,失败才会发大惭愧! 倘若因成功而得意,那就不得了啦!

我近来,每每想到"二一老人"这个名字,觉得很有意味!

这"二一老人"的名字,也可以算是我在闽南居住了十年的一个最好的纪念!

最后之佛教养

本文系弘一大师一九三八年二月十三日在南普陀寺佛教养正院同学会席上讲瑞今记。

佛教养正院已办有四年了。诸位同学初来的时候，身体很小，经过四年之久，身体皆大起来了，有的和我也差不多。啊！光阴很快。人生在世，自幼年至中年，自中年至老年，虽然经过几十年之光景，实与一会儿差不多。就我自己而论，我的年纪将到六十了，回想从小孩子的时候起到现在，种种经过如在目前；啊！我想我以往经过的情形，只有一句话可以对诸位说，就是"不堪回首"而已。

我常自来想，啊！我是一个禽兽吗？好像不是，因为我还是一个人身。我的天良丧尽了吗？好像还没有，因为我尚有一线天良常常想念自己的过失。我从小孩子起一直到现在都埋头造恶吗？好像也不是，因为我小孩子的时候，常行袁了凡的功过格，三十岁以后，很注意于修养，初出家时，也不是没有道心。虽然如此，但出家以后一直到现在，便大不同了：因为出家以后二十年之中，一天比一天堕落，身体虽然不是禽兽，而心则与禽兽差不多。天良虽然没有完全丧尽，但是昏聩糊涂，一天比一天利害，抑或与天良丧尽也差不多了。讲到埋头造恶的一句话，我自从出家以后，恶念一天比一天增加，善念一天比一天退失，一直到现在，可以说是醇乎其醇的一个埋头造恶的人，这个也无须客气也无须谦让了。

就以上所说看起来，我从出家后已经堕落到这种地步，真可令人惊叹；其中到闽南以后十年的功夫，尤其是堕落的堕落。去年春间曾经在养正院讲过一次，所讲的题目，就是"南闽十年之梦影"，那一次所讲的，字字之中，都可以看到我的泪痕诸位应当还记得吧。

可是到了今年，比去年更不像样子了；自从正月二十到泉州，这两个月之中，弄得不知所云。不只我自己看不过去；就是我的朋友也说我以前如闲云野鹤，独往独来，随意栖止，何以近来竟大改常度，到处演讲，常常见客，时时宴会，简直变成一个"应酬的和尚"了，这是我的朋友所讲的。啊"应酬的和尚"这五个字，我想我自己近来倒很有几分相像。

如是在泉州住了两个月以后，又到惠安到厦门到漳州，都是继续前稿；除了利养，还是名闻，除了名闻，还是利养。日常生活，总不在名闻利养之外，虽在瑞竹岩住了两个月，稍少闲静，但是不久，又到祈保亭冒充善知识，受了许多的善男信女的礼拜供养，可以说是惭愧已极了。

九月又到安海，住了一个月，十分的热闹。近来再到泉州，虽然时常起一种恐惧厌离的心，但是仍不免向这一条名闻利养的路上前进。可是近来也有件可庆幸的事，因为我近来得到永春十五岁小孩子的一封信。他劝我以后不可常常宴会，要养静用功；信中又说起他近来的生活，如吟诗、赏月、看花、静坐等，洋洋千言的一封信。啊！他是一个十五岁的小孩子，竟有如此高尚的思想，正当的见解；我看到他这一封信，真是惭愧万分了。我自从得到他的信以后，就以十分坚决的心，谢绝宴会，虽然得罪了别人，也不管他，这个也可算是近来一件可庆幸的事了。

虽然是如此但我的过失也太多了，可以说是从头至足，没有一处无过失，岂止谢绝宴会，就算了结了吗？尤其是今年几个月之中，极力冒充善知识，实在是太为佛门丢脸。别人或者能够原谅我；但我对我自己，绝不能够原谅，断不能如此马马虎虎的过去。所以我近来对人讲话的时候，绝不顾惜情面，决定赶快料理没有了结的事情，将"法师""老法师""律师"等名目，一概取消，将学人侍者等一概辞谢；孑然一身，遂我初服，这个或者亦是我一生的大结束了。

　　啊！再过一个多月，我的年纪要到六十了。像我出家以来，既然是无惭无愧，埋头造恶，所以到现在所做的事，大半支离破碎不能圆满，这个也是分所当然。只有对于养正院诸位同学，相处四年之久，有点不能忘情；我很盼望养正院从此以后，能够复兴起来，为全国模范的僧学院。可是我的年纪老了，又没有道德学问，我以后对于养正院，也只可说"爱莫能助"了。

　　啊！与诸位同学谈得时间也太久了，且用古人的诗来做临别赠言。诗云：

　　　　□□□□□□□，万事都从缺陷好；
　　　　吟到夕阳山外山，古今谁免余情绕。

青年佛徒应注意的四项

本文系弘一法师一九三六年二月在厦门南普陀寺佛教养正院开学日讲。

养正院从开办到现在,已是一年多了。外面的名誉很好,这因为由瑞金法师主办,又得各位法师热心爱护,所以能有这样的成绩。

我这次到厦门,得来这里参观,心里非常欢喜。各方面的布置都很完美,就是地上也扫得干干净净的,这样,在别的地方,很不容易看到。

我在泉州草庵大病的时候,承诸位写一封信来,各人都签了名,慰问我的病状;并且又承诸位念佛七天,代我忏悔,还有像这样别的事,都使我感激万分!

再过几个月,我就要到鼓浪屿日光岩去方便闭关了。时期大约颇长久,怕不能时时会到,所以特地发心来和诸位叙谈叙谈。

今天所要和诸位谈的,共有四项:一是惜福,二是习劳,三是持戒,四是自尊,都是青年佛徒应该注意的。

一、惜福

“惜”是爱惜,“福”是福气。就是我们纵有福气,也要加以爱惜,切不可把它浪费。

诸位要晓得:末法时代,人的福气是很微薄的;若不爱惜,将这很薄的福享尽了，就要受莫大的痛苦，古人所说"乐极生悲"，就是这意思啊！我记得从前小孩子的时候，我父亲请人写了一副大对联，是清朝刘文定公的句子，高高地挂在大厅的抱柱上，上联是"惜食，惜衣，非为惜财缘惜福"。我的哥哥时常教我念这句子，我念熟了，以后凡是临到穿衣或是饮食的当儿，我都十分注意，就是一粒米饭，也不敢随意糟掉；而且我母亲也常常教我，身上所穿的衣服当时时小心，不可损坏或污染。这因为母亲和哥哥怕我不爱惜衣食，损失福报以致短命而死，所以常常这样叮嘱着。

诸位可晓得，我五岁的时候，父亲就不在世了！七岁我练习写字，拿整张的纸瞎写；一点不知爱惜，我母亲看到，就正颜厉色的说："孩子！你要知道呀！你父亲在世时，莫说这样大的整张的纸不肯糟蹋，就连寸把长的纸条，也不肯随便丢掉哩！母亲这话，也是惜福的意思啊！

我因为有这样的家庭教育，深深地印在脑里，后来年纪大了，也没一时不爱惜衣食；就是出家以后，一直到现在，也还保守着这样的习惯。诸位请看我脚上穿的一双黄鞋子，还是一九二○年在杭州时候，一位打念佛七的出家人送给我的。又诸位有空，可以到我房间里来看看，我的棉被面子，还是出家以前所用的；又有一把洋伞，也是一九一一年买的。这些东西，即使有破烂的地方，请人用针线缝缝，仍旧同新的一样了。简直可尽我形寿受用着哩！不过，我所穿的小衫裤和罗汉草鞋一类的东西，却须五六年一换，除此以外，一切衣物，大都是在家时候或是初出家时候制的。

从前常有人送我好的衣服或别的珍贵之物，但我大半都转送别人。因为我知道我的福薄，好的东西是没有胆量受用的。又如吃东西，只生病时候吃一些好的，除此以外，从不敢随便乱买好的东西吃。

惜福并不是我一个人的主张，就是净土宗大德印光老法师也是这样，有人送他白木耳等补品，他自己总不愿意吃，转送到观宗寺去供养谛闲法师。别人问他："法师！你为什么不吃好的补品？"他说："我福气很薄，不堪消受。"他老人家——印光法师，性情刚直，平常对人只问理之当不当，情面是不顾的。前几年有一位皈依弟子，是鼓浪屿有名的居士，去看望他，和他一道吃饭，这位居士先吃好,老法师见他碗里剩落了一两粒米饭;于是就很不客气地大声呵斥道:"你有多大福气,可以这样随便糟蹋饭粒!你得把它吃光!诸位!以上所说的话,句句都要牢记!要晓得:我们即使有十分福气,也只好享受三分,所余的可以留到以后去享受;诸位或者能发大心,愿以我的福气,布施一切众生,共同享受,那更好了。

二、习劳

"习"是练习,"劳"是劳动。现在讲讲习劳的事情:

诸位请看看自己的身体,上有两手,下有两脚,这原为劳动而生的。若不将他运用习劳,不但有负两手两脚,就是对于身体也一定有害无益的。换句话说:若常常劳动,身体必定康剑而且我们要晓得:劳动原是人类本分上的事,不唯我们寻常出家人要练习劳动,即使到了佛的地位,也要常常劳动才行,现在我且讲讲佛的劳动的故事:

所谓佛,就是释迦牟尼佛。在平常人想起来,佛在世时,总以为同现在的方丈和尚一样,有衣钵师、侍者师常常侍候着,佛自己不必做什么;但是不然,有一天,佛看到地下不很清洁,自己就拿起扫帚来扫地,许多大弟子见了,也过来帮扫,不一时,把地扫得十分清洁。佛看了欢喜,随即到讲堂里去说法,说道:"若人扫地,能得五种功德……"又有一个时候,佛和阿难出外游行,在路上碰到一个喝醉了酒的弟子,已醉得不省人事了;佛就命阿难抬脚,自己抬头,一直抬到井边,用桶吸水,叫阿难把他洗濯干净。

有一天,佛看到门前木头做的横楣坏了,自己动手去修补。

有一次,一个弟子生了病,没有人照应,佛就问他说:"你生了病,为什么没人照应你?"那弟子说:"从前人家有病,我不曾发心去照应他;现在我有病,所以人家也不来照应我了。"佛听了这话,就说:"人家不来照应你,就由我来照应你吧!"就将那病弟子大小便种种污秽,洗濯得干干净净;并且还将他的床铺,理得清清楚楚,然后扶他上床。由此可见,佛是怎样的习劳了。佛绝不像现在的人,凡事都要人家服劳,自己坐着享福。这些事实,出于经律,并不是凭空说说的。

现在我再说两桩事情,给大家听听:弥陀经中载着的一位大弟子——阿楼陀,他双目失明,不能料理自己,佛就替他裁衣服,还叫别的弟子一道帮着做。

有一次,佛看到一位老年比丘眼睛花了,要穿针缝衣,无奈眼睛看不清楚,嘴里叫着:"谁能替我穿针呀?"佛听了立刻答应说:"我来替你穿。"以上所举的例,都足以证明佛是常常劳动的。我盼望诸位,也当以佛为模范,凡事自己动手去做,不可依赖别人。

三、持戒

"持戒"二字的意义,我想诸位总是明白的吧!我们不说修到菩萨或佛的地位,就是想来生再做人,最低的限度,也要能持五戒。可惜现在受戒的人虽多,只是挂个名而已,切切实实能持戒的却很少。要知道:受戒之后,若不持戒,所犯的罪,比不受戒的人要加倍的大,所以我时常劝人不要随便受戒。至于现在一般传戒的情形,看了真痛心,我实在说也不忍说了!我想最好还是随自己的力量去受戒,万不可敷衍门面,自寻苦恼。

戒中最重要的,不用说是杀、盗、淫、妄,此外还有饮酒、食肉,也易惹人讥嫌。至于吃烟,在律中虽无明文,但在我国习惯上,也很容易受人讥嫌的,总以不吃为是。

四、自尊

"尊"是尊重,"自尊"就是自己尊重自己,可是人都喜欢人家尊重我,而不知我自己尊重自己;不知道要想人家尊重自己,必须从我自己尊重自己做起。怎样尊重自己呢?就是自己时时想着:我当做一个伟大的人,做一个了不起的人。比如我们想做一位清净的高僧吧,就拿高僧传来读,看他们怎样行,我也怎样行,所谓:彼既丈夫我亦尔,又比方我想将来做一位大菩萨,那么,就当依经中所载的菩萨行,随力行去。这就是自尊。但自尊与贡高不同;贡高是妄自尊大,目空一切的胡乱行为;自尊是自己增进自己的德业,其中并没有一丝一毫看不起人的意思的。

　　诸位万万不可以为自己是一个小孩子，是一个小和尚，一切不妨随便些，也不可说我是一个平常的出家人，哪里敢希望做高僧做大菩萨。凡事全在自己做去，能有高尚的志向，没有做不到的。

　　诸位如果作这样想：我是不敢希望做高僧、做大菩萨的，那做事就随随便便，甚至自暴自弃，走到堕落的路上去了，那不是很危险的么？诸位应当知道：年纪虽然小，志气却不可不高啊！

　　我还有一句话，要向大家说，我们现在依佛出家，所处的地位是非常尊贵的，就以剃发、披袈裟的形式而论，也是人天师表，国王和诸天人来礼拜，我们都可端坐而受。你们知道这道理么？自今以后，就当尊重自己，万万不可随便了。

　　以上四项，是出家人最当注意的，别的我也不多说了。我不久就要闭关，不能和诸位时常在一块儿谈话，这是很抱歉的。但我还想在关内讲讲律，每星期约讲三四次，诸位碰到例假，不妨来听听！今天得和诸位见面，我非常高兴。我只希望诸位把我所讲的四项，牢记在心，作为永久的纪念！时间讲得很久了，费诸位的神，抱歉！抱歉！

律学*要略

本文系弘一大师一九三五年十二月在泉州承天寺律仪会所做讲演,由万泉记录。

我出家以来,在江浙一带,并不敢随便讲经或讲律,更不敢赴什么传戒的道场其缘故是:因个人感觉着学力不足。三年来,在闽南虽曾讲过些东西,自心总觉非常惭愧的。

这次本寺诸位长老*,再三地唤我来参加戒期胜会*,情不可却,故今天来与诸位谈谈,但因时间匆促,未能预备,参考书又缺少,兼以个人精神衰弱,拟在此共讲三天。

今天先专力求援比丘戒者讲些律宗历史,他人旁听虽不能解,亦是种植善根之事。

为比丘者,应先了知戒律传入此土之因缘,及此土古今律宗盛衰之大概。

由东汉至曹魏之初,僧人无归戒之举,唯剃发而已。魏嘉平年中,天竺僧人法时到中土,乃立羯磨*受法,是为戒律之始。当是时,可算是真实传授比丘戒的开始。渐渐达至繁荣时期。

大部之广律,最初传来的是《十诵律》*。翻译斯部律者,系姚秦时的鸠摩罗什法师。庐山净宗初祖远公法师亦竭力劝请赞扬。六朝时此律最盛于南方。

其次翻译的是《四分律》*,时期和《十诵律》相去不远,但迟至隋朝乃有人弘扬提倡,至唐初乃大盛。

第三部是《僧祇律》*,东晋时翻译的,六朝时北方稍有弘扬者。

刘宋时继《僧祇律》后有《五分律》*,翻译斯律之人,即是译六十卷《华严经》者*。文精而简,道宣律师*甚赞,可部律论甚多,不逞枚举。关于《有部律》*,我个人起初见之甚喜,研究多年。以后因朋友劝告,即改习《南山律》*。其原因是,《南山律》依《四分律》而成,又稍有变化,能适合我国僧众之根器。故现在我即专就,《四分律》之历史,大略说些。

唐代是《四分律》最盛时期,以前所弘扬的是《十诵律》,《四分律》少人弘扬。至唐初《四分律》学者乃盛,共有三大派:

(一)相部律*依法砺律师为主;(二)南山律,以道宣律师为主;(三)东塔律*依怀素律师为主。

法砺律师在道宣律师之前,道宣曾就学于他。怀素律师在道宣之后,亦曾亲近法砺、道宣二律师。斯律虽有三大派之分,最盛行于世的可算《南山律》了。南山律师著作浩如渊海,其中《行事钞》*最负盛名。是时任何宗派之学者皆须研《行事钞》。自唐至宋,解者六十余家,唯灵芝元照律师最胜。元照律师尚有许多其他经律的注释。元照后,律学渐渐趋于消沉,罕有人发心弘扬。

南宋后,禅宗*益盛,律宗更无人过问,所有唐宋诸家的律学撰述数千卷悉皆散失。迫至清初、椎存南山《随机羯磨》*一卷。如是观之,大足令人兴叹不已。明末清初,有藕益、见月诸大师等欲重兴律宗,但最可憾者,是唐宋古书不得见。当时藕益大师著述有《毗尼事义集要》,初讲时人数已不多,以后更少,结果成绩颇然。见月*律师弘律颇有成绩,撰述甚多,有解《随机揭磨》者,毗尼作持,与南山颇有不同之处——因不得见南山著作故。此外尚有最负盛名的《传戒正范》*一部。从明末至今,传戒之书,独此一部。传戒尚存之一线曙光惟赖此书。虽与南山之作未能尽合,然其功甚大,不可忽视!但近代受戒仪轨又依此稍有增减,亦不是见月律师《传戒正范》之本来面目了。

南宋至清七百余年,关于唐宋诸家律学撰述可谓无存。清光绪末年,乃自日本请还唐宋诸家律书之一部分。近十余年间,在天津已刊者数百卷。此外

《续藏经》*中所收尚未另刊者,犹有数百卷。

今后倘有人发心专力研习弘扬,可以恢复唐代之古风。凡藕益、见月等所欲求见者,今悉俱在。我们生此时代,实比藕益、见月诸大师幸福多多!

但学律非是容易的事情。我虽然学律近二十年,仅可谓为学律之预备,窥见了少许之门径,再预备数年,乃可着手研究。以后至少须研究二十年,乃可稍有成绩。奈我现在老了,恐不能久住世间,很盼望你们能发心专学戒律,继我所未竟之志,则至善矣!

我们应知道,现在所流通之《传戒正范》非是完美之书,何况更随便增减。所以今后必须恢复古法乃可。此皆你们的责任,我甚希望大家共同勉励进行。

今天续讲三皈、五戒乃至菩萨戒之要略。

三皈、五戒、八戒、沙弥沙弥尼戒、式叉摩那戒、比丘比丘尼戒。菩萨戒等,就普通说,菩萨戒为大乘,余皆小乘。但亦未必尽然,应依受者发心如何而定。我近来研究《南山律》,内中有云:“无论受何戒法,皆要先发大乘心。”由此看来,那有一种戒法专名为小乘的呢?再就受戒方法论,如三皈、五戒、沙弥沙弥尼戒,皆用三皈依受;至于比丘比丘尼戒、菩萨戒,则须依羯磨文受;又如式叉摩那,则是作羯磨与学戒法,不是另外得戒与上不同。再依在家出家分之,就普通说。在家如三皈、五戒、八戒等,出家如沙弥、比丘等。实而言之,三皈、五戒、八戒,皆通在家出家。诸位听着这话,或当怀疑,今我以例证之。如明代灵峰藕益大师,他初亦受比丘戒,后但退作三皈人。如是言之,只有三皈,亦可算出家人。

又若单五戒,亦可算出家人。因剃发以后,必先受五戒,后再受沙弥戒。未受沙弥戒前,只是五戒之出家人。故五戒通于在家出家,有在家优婆塞出家优婆塞之别。例如明代藕益大师之大弟子成时、性旦二师,皆自称为出家优婆塞。成时大师为编辑《净土十要》及《灵峰宗论》者,性旦大师为记录《弥陀要解》者,皆是明末的高僧。

八戒何为亦通在家出家?《药师经》中说:比丘亦可受八戒。比丘再受八戒,为欲增上功德故。这样看起来,八戒亦能于僧俗。

以上略判竟。以下一一分别说之。

三皈:不属于戒,仅名三皈。三皈者一皈依佛、皈依法,皈依僧。未受以前,必须了解三皈道理,并非糊里糊涂地盲从瞎说。如这样子皆不得三皈。

所谓三宝,有四种之别:

(一)理体三宝;(二)化相三宝;(三)住持三宝;(四)一体三宝。尽讲起来很深奥复杂、现在且专就住持三宝来说。三宝意义是什么?佛、法、僧。

所谓佛——即形象。如释迦佛像、药师佛像、弥陀佛像等。

法——即佛所说之经,如《法华经》、《楞严经》等。皆佛金口所流露出来之法。

僧——即出家剃发受戒有威仪之人。

以上所说佛、法、僧道理,可谓最浅近。诸位谅皆能明了吧。

皈依——即回转的意义。因前背舍三宝,而今转向三宝。故谓之皈依。但无论出家在家之人,若受三皈依时,最重要点有二:第一要注意皈依三宝是何意义?第二当受三皈依时师父所说应当十分明白。或师父所讲的话全是文言不能了解,如是决不能得三皈;隔离太远听不明白,亦不得三皈、又正授之时,即是"皈依佛、皈依法、皈依僧"三说。此最要紧,应十分注意!以后之"皈依佛竟、皈依法竟、皈依僧竟",是名三结,无关紧要。所以诸位发心受戒,应先了知"三皈"意义。又当正授时,要在先"皈依佛"等三语注意,乃可得三皈。

且就杀生而论。未受戒者,犯之本应有罪;若已受不杀戒者犯之,则罪更加重一倍。可怕不可怕呢?!你们试想一想,如果不能受待,勉强敷衍,实是自寻烦恼。据我思之,五戒中最容易持的是不邪淫、不饮酒,诸位可先受这两条最为稳当。至于杀与妄语,有大小之分,大者虽不易犯,小者实为难持。又五戒中最为难持的莫如盗戒,非于盗戒戒相研究十分明了之后,万不可率尔而受。所以我盼望诸位,对于盗戒一条,缓缓再说。至要!至要!但以现在传戒情形看起来,在这许多人众集合场中,实际上是不能如上一一别受。我想现在受五戒时,不妨合众总受五戒,俟受戒后,再自己斟酌取舍,亦未为不可。于自己所不能奉持的数条,可以在行礼师前或俗人前舍去,这样办法实在十分妥当,在授者减麻烦,诸位亦可免除烦恼。

　　另外还有一句要紧的话。倘有人怀疑于此大众混杂扰乱之时,心中不能专一注想,或恐犹未得戒者,不妨请性愿老法师*或其他善知识,再为重授一次。他们当即慈悲允许。诸位:你们万不可轻视三皈五戒!

　　我有句老实话对诸位说:菩萨戒不是容易得的,沙弥戒及比丘戒是不能得的。无论出家或在家人所希望者,唯有三皈五戒。我们倘能得三皈五戒,那就是很好的了。因受持五戒,来生定可为人。既能持五戒,再说念阿弥陀佛名号求生西方,临终时,定能往生西方极乐世界,岂不甚好。

　　就我自己而论,对于菩萨戒是有名无实。沙弥戒及比丘戒决定未得。即以五戒而言,亦不敢说完全,止可谓为出家多分优婆塞而已——这是实话。所以我盼望诸位要注意三皈五戒。

　　当受五戒应知:于前说三皈正得戒体最宜注意;后说五戒戒相为附属之文,不是在此时得戒。又须请师先为说明五戒之广狭:例如饮酒一戒,不唯不饮泉州酒店之酒,凡尽法界虚空界之戒缘境酒,皆不可饮。杀、盗、淫、妄,亦复如是。所以受戒功德普遍法界,实非人力所能思议。

　　宝华山见月律师所编《三皈五戒正范》*,所有开示,多用骈体文。闻者万不能了解,等于虚文而已,最好请师译成白话。此外我更附带言之。近有为人授五戒者,于不饮酒后,不吸烟一句。但这不吸烟可不必加入,应另外劝告,不应加入五戒文中。

　　以上说五戒毕,以下讲八戒。

　　八戒:具云勹"八关斋戒"。"关"者——禁闭非逸,关闭所有一切非善事。"斋"——是清的意思,绝诸一切杂想事。八关斋戒本有九条,因其中第六条包含两条,故合计为八条。前五与五戒同,后三条是另加的。后加三者即:第六,华香璎珞香油涂身。这是印度美丽装饰之风俗,我国只有花香并无璎珞等。但所谓香,如我国香粉、香水、香牙粉、香牙膏及香皂等,皆不可用。

　　第七,高胜床上坐,作倡伎乐故往观听。这就是两条合为一条的。观略为分析:"高"——是依佛制度坐卧之床脚,最高不能超过一尺六寸;"胜"——是指金银牙角等之装饰,此皆不可。但在他处不得已的时候,暂坐可开。佛制是专

68

为自制的,须结正罪;如别人已作成功的,不是自制的,罪稍轻。作倡伎乐故往观听——音乐、影戏等皆属此条。所谓故往观听之"故"字,要注意,于无意中偶然听到或看见的不犯。以上"高胜床上坐,作倡伎乐故往观听"共合为一条,受"八关斋戒"的人皆不可为。

第八,非时食。佛制受八关斋戒后,自黎明至正午可食,非时食一即平常所说的"过午不食"。正午后,不单是饭等不可食,如牛奶水果等均不可用。如病重者,于不得已中,可在大家看不到的地方开食粥等。

受"八关斋戒",普通于六斋日受。六斋日者,即初八。十四、十五、廿二,及月底最后二日。倘能发心日日受,那是最好不过了。受时要在每天晨起时,期限以一日一夜天亮时至夜,夜至明早。受"八关斋戒"后,过午不食一条,应从今天正午后至明日黎明时,皆不可食。

又八戒与菩萨戒比较别的戒有区别,因为八戒与菩萨戒是顿立之戒(但上说的菩萨戒,是局就《梵网》、《璎珞》等而说的;若依瑜伽戒本,则属于渐次之戒)。这是什么缘故呢?未受五戒、沙弥戒、比丘戒,皆可即受菩萨戒或八戒,故曰顿立。若渐次之戒,必依次第。如先五戒,次沙弥戒,次比丘戒,层层上去的。

以上所说"八关斋戒",外江居士受的非常之多。我想闽南一带将来亦应当提倡提倡。若嫌每月六日太多,可减至一日或两日,亦无不可。因仅受一日,即有极大功德,何况六日全受呢!

沙弥戒:沙弥戒诸位已知道了吧?此乃正戒共十条。其中九条同八戒,另加手不捉钱宝一条,合而为十。但手不捉钱宝一条,平常人不明白,听了皆怕。不知此不捉钱宝是易持之戒。律中有方便办法叫做"说净",经过说净的仪式后,亦可照常自己捉持。最为繁难者,是正戒十条外,于比丘戒亦应学习,犯者结罪。我初出家时不晓得,后来学律才知道。这样看起来持沙弥尼戒亦是不容易的一回事。

沙弥尼戒:即女众法戒,与沙弥同。

式叉摩那戒:梵语"式叉摩那",此云"学法女"。外江各丛林皆谓在家贞女为"式叉摩那",这是错误的。闽南这边那年开元寺传戒时,对于贞女不称"式叉摩那"，只用贞女之名——这是很通。平常人多不解何者为式叉摩那，我现在略为解释一下。

哪一种人可以受式叉摩那戒呢？

要已受沙弥尼戒的人，于十八岁时受式叉摩那法，学习二年，然后再受比丘尼戒。因为佛制二十岁乃可受戒。于十八岁时，再学二年，正当二十岁。于二年学习时，僧作羯磨与学戒法。二年学毕，乃可受比丘尼戒。但式叉摩那要学三法：

一学根本法——即四重戒。

二学六法——染心相触；盗减五钱、断畜命；小妄语；非时食；饮酒。

三学行法——大尼诸戒及威仪。

此仅是受学戒法，非另外得戒，故与他戒不同。以下讲比丘戒。

比丘戒——因时间很短，现在不能详细说明。唯有几句要紧话先略说之。

我们生此末法时代，沙弥戒与比丘戒皆是不可得的，原因甚多甚多，今且举出一种来说。就是没有能授沙弥戒比丘戒的人，若受沙弥戒，须二比丘授。比丘戒至少要五比丘授。倘若找不到比丘的话，不单比丘戒受不成，沙弥戒亦受不成。我有一句很伤心的话要对诸位讲：从南宋迄今六七百年来，或可谓僧种断绝了！

以平常人眼光看起来，以为中国僧众很多，大有达至几百万之概。据实而论，这几百万中要找出一个真比丘，怕也是不容易的事，如此怎样能受沙弥比丘戒呢？

既没有能授戒的人，如何会得戒呢？

我想诸位听到这话，心中一定十分扫兴。或以为既不得戒，我们白吃辛苦，不如早些回去好，何必在此辛辛苦苦，做这种极无意味的事情呢？但如此怀疑是大不对的。

我劝诸位应好好地镇静地在此受沙弥戒比丘戒才是，虽不得戒，亦能种植善根，兼学种种威仪，岂不是好？又若想将来学律，必先挂名受沙弥比丘戒；否则以白衣学律必受他人讥评。所以你们在这儿发心受沙弥比丘戒，是很好的！

70

这次本寺诸位长老，唤我来讲"律学大意"，我感到有种种困难之点。这是什么缘故？比方我在这儿，不依据佛所说的道理讲，一味地随顺他人，顾惜情面敷衍了事，岂不是我害了你们吗？若依实在的话与你们讲，又恐怕因此引起你们的怀疑，所以我觉着十分困难。因此不得已，对于诸位分作两种说法：

（一）老实不客气地必须要说明受戒真相。恐怕诸位出戒堂后，妄自称为沙弥或比丘，致招重罪，那是不得了的事情。我有种比方：譬如泉州这地方有司令官等，不识相的老百姓亦自称"我是司令官"，如司令官等听到，定遭不良结果，说不定有枪毙之危险。未得沙弥比丘戒者，妄自称为沙弥或比丘，必定遭恶报，亦就是这个道理，我为着良心的驱使，所以要对诸位说老实话。

（二）以现在人情习惯看起来，我总劝诸位受戒挂个空名，受后俾可学律。不然定招他人诽谤之虞。这样的话诸位定必明了吧！

更进一层说、诸位中若有人真欲绍隆僧种，必须求得沙弥比丘戒者，亦有一种特别的方法：即是如藕益大师礼《占察忏仪》求得清净轮相，即可得沙弥比丘戒。除此以外，无有办法。故藕益大师云："末世欲得净戒，舍此《占察》轮相之法，更无别途。"因为得清净轮相之后，即可自誓愿受菩萨戒，而沙弥比丘戒皆包括在内，以后即可称为菩萨比丘。礼《占察忏》得清净轮相，虽是极不容易的事。倘诸位中有真发大心者，亦可奋力进行。这是我最希望你们的。

以下说比丘尼戒：

比丘尼戒：现在不能详说。依据佛制，比丘尼戒要重复受两次：先依尼僧授本法，后请大僧正受。但正得戒时，是在大僧止授时。此法南宋以后已不能实行了。

最后说菩萨戒：

菩萨戒：为着时间关系亦不能详说。现在略举三事：

（一）要有菩萨种性，又能发菩提心，然后可受菩萨戒。

什么是种性呢？就简单来说，就是多生以来所成就的资格。所以当受戒时戒师问："汝是菩萨否？"应答曰："我是菩萨。"这就是菩萨种性，戒师又问："既是菩萨，已发菩提心否？"应答曰："已发菩提心。"这就是发菩提心，如这样子才能受菩萨戒。

(二)平常人受菩萨戒者皆是全受。但依《璎珞本业经》,可以随身分受,或一或多,与前说的受五戒法相同。

(三)犯相重轻,依旧疏新疏有种种差别,应随个人力量而行。现以例说。如妄语戒:旧疏说大妄语乃犯波罗夷罪;新疏说小妄语即犯波罗夷罪。至于起杀、盗、淫、妄之心即犯波罗夷,乃是为地上菩萨所制,我等凡夫是做不到的。

所谓菩萨戒虽不易得,但如有真诚之心亦非难事,且可自誓受。不比沙弥比丘戒,必须要请他人授。因为菩萨戒、五戒、八戒,皆可自誓受,所以我们颇有得菩萨戒之希望。

今天《律学要略》讲完,我想在其中有不妥当处或错误处,还请诸位原谅。

最后我尚有几句话:诸位在此受戒很好。在近代说,如外江最有名望的地方,虽有传戒,实不及此地完备。这是这里办事很有热心,很有精神,很有秩序,诚使我佩服使我赞美。就以讲律来说,此地戒期中讲《沙弥律》*、《比丘戒本》、《梵网经》*,他方是难有的!

几年前,泉州大开元寺于戒期中提倡讲律,大家皆说是破天荒的举动。本寺此次传戒之美备,实与数年前大开元寺相同。并有露天演讲,使外人亦有种植善根之机缘,诚办事周到之处。

本年天灾频仍,泉州亦不在例外。在人心惨痛境遇萧条的状况中,本寺居然以极大规模很圆满地开戒,这无非是诸位长老及大护法的道德感化所及。我这次到此地,心实无限欢喜——此是实话,并非捧常此次能碰着这大机缘,与诸位相聚,甚慰衷怀。最后还要与诸位"恭喜!

* 律学:即专门研究佛教对出家之僧尼所制定的各种戒律的学问。

* 本寺诸位长老:指泉州承天寺之性愿、转法等上人。

* 戒期胜会:即律仪法会。

* 羯磨:由梵文音译而成的词汇,"业"之意,专指寺院按照戒律处理僧侣事务的各种活动。

* 《十诵律》后秦弗若多罗、鸠摩罗什等所译,叙述一切有部根本戒律的佛

学著作,因将戒律分为十条("十诵")而得名。

*《四分律》:内容详见《常随佛学》文下注。

*《僧祇律》即《摩诃僧祇律》,佛教戒律著作,内容分为比丘戒法、比丘尼戒法两大部分,东晋佛陀跋陀罗与法显将其译成汉语。

*《五分律》:又称《弥沙塞五分律》,南朝宋佛陀什与竺道生等所译之佛教戒律书,原为印度弥沙塞部所传的戒律,因共分五部分而得名,共包括二百五十一条比丘戒、三百七十条比丘尼戒。

* 译六十卷本《华严经》者:即东晋佛陀跋陀罗。

* 道宣律师:唐代高僧,江苏丹徒人,俗姓钱,南山律宗的创始人,因久居终南山丰德寺而得名"南山律师"。著有《四分律删繁补缺行事钞》等南山三大部,一生共有著述二百二十余卷。公元八百六十九年,唐懿宗追谥其为澄照律师。

*《有部律》即"说一切有部"之戒律,以《俱舍论》为其经典著作,其宗旨"说一切有"包括两大方面:法一切有;时一切有。

*《南山律》:其全称为"南山律宗",系由唐代道宣律师所创立的佛教派别。其特点为,把佛教分为"化教"与"教",以"戒定慧"三学中的"戒"为教,以"定慧"为化教;又把"戒"分为"止持"、"作持"二门,规定了比丘之二百五十戒,比丘尼之三百八十四戒。

*《相部律》:全称为"相部律宗",系中国佛教律宗之一派。隋唐之际由法砺创立,因传法中心在相州而得名。其教义内容为:因《四分律》是小乘律,故主张"戒"不兼"定慧"二学,而以止持(止恶)、作持(为善)为宗。

* 东塔律:全称为"东塔律宗",系中国佛教律宗之一派,由唐代的怀素创立,因住长安西太原寺东塔而得名,其经典著作为《四分律开宗记》,对道宣、法砺之律学观提出不同看法,主张"定慧"为戒学所摄,律应以戒学为宗。

*《行事钞》:即《四分律删繁补缺行事钞资持记》。

* 禅宗:中国佛教的一大著名宗派。据传其创始人为菩提达摩。其教义要旨:心性本净,佛性本有,应该用禅定概括佛教的全部修习。

*《随机羯磨》:即《四分律删补随机羯磨》,系唐代道宣律师的律学名著

之一。

*见月:明代著名僧人,弘一大师对其高度敬仰。

*《传戒正范》即《宝华传戒正范》,见月大师著,系论述出家人受戒传戒事宜的重要佛学著作。

*《续藏经》即《大日本续藏经》,一九一二年由日本京都藏经书院前田惠云、中野达慧等主持编印成书,内容共分一千七百五十六部,将《大藏经》中未收之中国、印度、日本等国的佛学论述统统收入。一九二三年商务书局将其在我国影印出版。

*性愿老法师:名古志,号安般行人,曾历任厦门、漳州等诸多名寺住持,系中国佛教界一位深孚众望的长老。

*《三皈五戒正范》即《宝华传戒正范》。

*《沙弥律》:即七岁以上、二十岁以下之出家男于所应遵守之佛教戒律。

*《比丘成本》:即已受过具足戒之僧人所应遵守的戒律文本。

*《梵网经》:即《菩萨戒本》,佛教戒律著作,属大乘律,内容包括十重戒四十八轻戒,由后秦鸠摩罗什译成中文。

敬三宝

本文系弘一大师一九三三年六月七日在泉州大开元寺讲。

三宝者,佛法僧也。其义甚广,今惟举其少分之义耳。

今言佛者,且约佛像而言,如木石等所雕塑及纸画者也。

今言法者,且约经律论等书册而言,或印刷或书写也。今言僧者,且约当世凡夫僧而言,因菩萨罗汉等附入敬佛门也。

第一、敬佛

略举常人所应注意者数条礼佛时宜洗手漱口,至诚恭敬,缓缓而拜,不可急忙,宁可少拜,不可草率。佛几清洁,供香端直,供佛之物,以烹调精美人所能食者为宜。今多以食物之原料及罐头而供佛者殊为不敬,益大师大悲咒行法中曾痛斥之。又供佛宜在午前,不宜过午也。供水果亦宜午前。供水宜捧奉式。供花,花瓶水宜常换。

纸画之佛像,不可仅以绫裱,恐染蝇粪等秽物也(少蝇者或可)。宜装入玻璃镜中。

木石等雕塑者,小者应入玻璃龛中,大者应作宝盖罩之,并须常拂拭像上之尘土。

凡大殿及供佛之室中,皆不宜踞坐笑谈。如对于国王大臣乃至宾客之前尚应恭敬,慎护威仪,何况对佛像耶!不可佛前晒衣服,宜偏侧。不得在殿前用夜壶水浇花。若卧室中供佛像者,眠时应以净布遮障。

第二、敬法

略举常人所应注意者数条读经之时,必须洗手漱口拭几,衣服整齐,威仪严肃,与礼佛时无异。益大师云:展卷如对活佛,收卷如在目前,千遍万遍,寤寐不忘,如是乃能获读经之实益也。

对于经典应十分恭敬护持,万不可令其污损。又翻篇时宜以指腹轻轻翻之,不可以指爪划,又不应折角,若欲记志,以纸片夹入可也。

若经典残缺者亦不可烧。卧室中几上置经典者,眠时应以净布盖之。

第三、敬僧

略举常人所应注意者数条凡剃发披袈裟者,皆是释迦佛子,在家人见之,应一例生恭敬心;不可分别持戒破戒。

若皈依三宝时,礼一出家人为师而作证明者,不可妄云皈依某人。因所皈依者为僧,非皈依某一人,应于一切僧众,若贤若愚,生平等心,至诚恭敬,尊之为师,自称弟子。则与皈依僧伽之义,乃符合矣。

供养僧者亦尔。不可专供有德者,应于一切僧生平等心,普遍供之,乃可获极大之功德也。专赠一人功德小,供众者功德大。

出家人若有过失,在家人闻之,万不可轻言。此为佛所痛诫者,最宜慎之。

以上已略言敬三宝义竟。兹附有告者,厦门泉州神庙甚多,在家人敬神,每用猪鸡等物。岂知神皆好善而恶杀,今杀猪鸡等物而供神,神不受享,又安能降福而消灾耶。唯愿自今以后,痛革此种习惯,凡敬神时,亦一例改用素食,则至善矣。

净宗问辨

本文系弘一大师一九三五年三月在万寿岩讲。

古德撰述,每设问答,遣除惑疑,翼赞净土,厥功伟矣。宋代而后,迄于清初,禅宗最盛,其所致疑多源于此。今则禅宗渐衰,未劳攻破。而复别有疑义,盛传当时。若不商榷,或致诖乱。故于万寿讲次,别述所见,冀息时疑。匪曰好辨,亦以就正有道耳。

问:当代弘扬净土宗者,恒谓专持一句弥陀,不须复学经律论等,如是排斥教理,偏赞持名,岂非主张太过耶?

答:上根之人,虽有终身专持一句圣号者,而决不应排斥教理。若在常人,持名之外,须于经律论等随力兼学,岂可废弃。且如灵芝疏主,虽撰义疏盛赞持名,然其自行亦复深研律藏,旁通天台法相等,其明证矣。

问:有谓净土宗人,率多抛弃世缘,其信然欤?

答:若修禅定或止观或秘咒等,须谢绝世缘,入山静习。净土法门则异于是。无人不可学,无处不可学,士农工商各安其业,皆可随分修其净土。又于人事善利群众公益一切功德,悉应尽力集积,以为生西资粮,何可云抛弃耶!

问:前云修净业者不应排斥教理抛弃世缘,未审出何经论?

答:经论广明,未能具陈,今略举之。观无量寿佛经云:欲生彼国者当修三福。一者、孝养父母,奉事师长,慈心不杀,修十善业。二者、受持三归,具足众戒，不犯威仪。三者、发菩提心，深信因果，读诵大乘，劝进行者。如此三事，名为净业，乃是过去、未来、现在三世诸佛净业正因。无量寿经云：发菩提心，修诸功德，殖诸德本，至心回向，欢喜信乐，修菩萨行。大宝积经发胜志乐会云：佛告弥勒菩萨言：菩萨发十种心。一者、于诸众生，起于大慈，无损害心。二者、于诸众生，起于大悲，无逼恼心。三者、于佛正法，不惜身命，乐守护心。四者、于一切法，发生胜忍，无执著心。五者、不贪利养，恭敬尊重，净意乐心。六者、求佛种智，于一切时，无忘失心。七者、于诸众生，尊重恭敬，无下劣心。八者、不著世论，于菩提分，生决定心。九者、种诸善根，无有杂染，清净之心。十者、于诸如来，舍离诸相，起随念心。若人于此十种心中，随成一心，乐欲往生极乐世界，若不得生，无有是处。

问：菩萨应常处娑婆，代诸众生受苦。何故求生西方？

答：灵芝疏主初出家时，亦尝坚持此见，轻谤净业。后遭重病，色力痿羸，神志迷茫，莫知趣向。既而病瘥，顿觉前非，悲泣感伤，深自刻责，以初心菩萨未得无生法忍。志虽洪大，力不堪任也。大智度论云：具缚凡夫有大悲心，愿生恶世救苦众生无有是处。譬如婴儿不得离母。又如弱羽只可传枝。未证无生法忍者，要须常不离佛也。

问：法相宗学者欲见弥勒菩萨，必须求生兜率耶？

答：不尽然也。弥勒菩萨乃法身大士，尘尘刹刹同时等遍。兜率内院有弥勒，极乐世界亦有弥勒，故法相宗学者不妨求生西方。且生西方已、并见弥陀及诸大菩萨，岂不更胜？华严经普贤行愿品云：到已，即见阿弥陀佛、文殊师利菩萨、普贤菩萨、观自在菩萨、弥勒菩萨等。又阿弥陀经云：其中多有一生补处，其数甚多，非是算数所能知之，但可以无量无边阿僧说。众生闻者，应当发愿，愿生彼国。所以者何？得与如是诸上善人俱会一处。据上所引经文，求生西方最为殊胜也。故慈恩教主窥基大师曾撰阿弥陀经通赞三卷及疏一卷，普劝众生同归极乐，遗范具在，的可依承。

问：兜率近而易生，极乐远过十万亿佛土，若欲往生不綦难欤？

答：华严经普贤行愿品云：一刹那中，即得往生极乐世界。灵芝弥陀义疏云:十万亿佛土,凡情疑远,弹指可到。十方净秽同一心故,心念迅速不思议故。由是观之,无足虑也。

问:闻密宗学者云,若惟修净土法门,念念求生西方,即渐渐减短寿命,终至夭亡。故修净业者,必须兼学密宗长寿法,相辅而行,乃可无虑。其说确乎?

答:自古以来,专修净土之人,多享大年,且有因念佛而延寿者。前说似难信也。又既已发心求生西方,即不须顾虑今生寿命长短,若顾虑者必难往生。人世长寿不过百年,西方则无量无边阿僧□劫。智者权衡其间,当知所轻重矣。

问:有谓弥陀法门,专属送死之教,若药师法门,生能消灾延寿,死则往生东方净刹,岂不更善?

答:弥陀法门,于现生何尝无有利益,具如经论广明,今且述余所亲闻事实四则证之,以息其疑。

一、瞽目重明。嘉兴范古农友人戴君,曾卒业于上海南洋中学,忽而双目失明,忧郁不乐。古农乃劝彼念阿弥陀佛,并介绍居住平湖报本寺,日夜一心专念。如是年余,双目重明如故。此事古农为余言者。

二、沉疴顿愈。海盐徐蔚如旅居京师,屡患痔疾,经久不愈。曾因事远出,乘人力车摩擦颠簸,归寓之后,痔乃大发,痛彻心髓,经七昼夜不能睡眠,病已垂危。因忆华严十回向品代众生受苦文,依之发愿。后即一心专念阿弥陀佛,不久遂能安眠,醒后痔疾顿愈,迄今已十数年,未曾再发。此事蔚如尝与印光法师言之。余复致书询问,彼言确有其事也。

三、冤鬼不侵。四川释显真,又字西归。在家时历任县长,杀戮土匪甚多。出家不久,即住宁波慈溪五磊寺,每夜梦见土匪多人,血肉狼藉,凶暴愤怒,执持枪械,向其索命。遂大恐惧,发勇猛心,专念阿弥陀佛,日夜不息,乃至梦中亦能持念。梦见土匪,即念佛号以劝化之。自是梦中土匪渐能和驯,数月以后,不复见矣。余与显真同住最久,常为余言其往事,且叹念佛功德之不可思议也。

四、危难得免。温州吴璧华勤修净业,行住坐卧,恒念弥陀圣号。十一年壬戌七月下旬,温州飓风暴雨,墙屋倒坏者甚多。是夜璧华适卧墙侧,默念佛号而眠。夜半,墙忽倾圮,砖砾泥土坠落遍身,家人疑已压毙,相率奋力除去砖土,见璧华安然无恙,犹念佛号不辍察其颜面以至肢体,未有毫发损伤,乃大惊叹,共感佛恩。其时余居温州庆福寺,风灾翌日,璧华亲至寺中向余言之。璧华早岁奔走革命,后信佛法,于北京温州杭州及东北各省尽力弘扬佛化,并主办赈济慈善诸事,临终之际,持念佛号,诸根悦豫,正念分明。及大殓时,顶门犹温,往生极乐,可无疑矣。

改习惯

本文系弘一大师一九三三年秋在泉州承天寺讲。

吾人因多生以来之夙习，及以今生自幼所受环境之熏染，而自然现于身口者，名曰习惯。

习惯有善有不善，今且言其不善者。常人对于不善之习惯，而略称之曰习惯。今依俗语而标题也。

在家人之教育，以矫正习惯为主。出家人亦尔。但近世出家人，惟尚谈玄说妙。于自己微细之习惯，固置之不问。即自己一言一动，极粗显易知之习惯，亦罕有加以注意者。可痛叹也。

余于三十岁时，即觉知自己恶习惯太重，颇思尽力对治。出家以来，恒战战兢兢，不敢任情适意。但自愧恶习太重，二十年来，所矫正者百无一二。

自今以后，愿努力痛改。更愿有缘诸道侣，亦皆奋袂兴起，同致力于此也。

吾人之习惯甚多。今欲改正，宜依如何之方法耶？若胪列多条，而一时改正，则心劳而效少，以余经验言之，宜先举一条乃至三四条，逐日努力检点，既已改正，后再逐渐增加可耳。

今春以来，有道侣数人，与余同研律学，颇注意于改正习惯。数月以来，稍有成效，今愿述其往事，以告诸公。但诸公欲自改其习惯，不必尽依此数条，尽可随宜酌定。余今所述者、特为诸公作参考耳。

学律诸道侣,已改正习惯,有七条。

一、食不言。

现时中等以上各寺院,皆有此制,故改正甚易。

二、不非时食。

初讲律时,即由大众自己发心,同持此戒。后来学者亦尔。遂成定例。

三、衣服朴素整齐。

或有旧制,色质未能合宜者,暂作内衣,外罩如法之服。

四、别修礼诵等课程。每日除听讲、研究、抄写、及随寺众课诵外,皆别自立礼诵等课程,尽力行之。或有每晨于佛前跪读法华经者,或有读华严经者,或有读金刚经者,或每日念佛一万以上者。

五、不闲谈。

出家人每喜聚众闲谈,虚丧光阴,废弛道业,可悲可痛!今诸道侣,已能渐除此习。每于食后、或傍晚、休息之时,皆于树下檐边,或经行、或端坐、若默诵佛号、若朗读经文、若默然摄念。

六、不阅报。

各地日报,社会新闻栏中,关于杀盗淫妄等事,记载最详。而淫欲诸事,尤描摹尽致。虽无淫欲之人,常阅报纸,亦必受其熏染,此为现代世俗教育家所痛慨者。故学律诸道侣,近已自己发心不阅报纸。

七、常劳动。

出家人性多懒惰,不喜劳动。今学律诸道侣,皆已发心,每日扫除大殿及僧房檐下,并奋力作其他种种劳动之事。

以上已改正之习惯,共有七条。

尚有近来特实行改正之二条,亦附列于下:

一、食碗所剩饭粒。印光法师最不喜此事。若见剩饭粒者、即当面痛诃斥之。所谓施主一粒米、恩重大如山也。但若烂粥烂面留滞碗上、不易除去者,则非此限。

二、坐时注意威仪。垂足坐时、双腿平列。不宜左右互相翘架,更不宜耸立或直伸。余于在家时、已改此习惯。且现代出家人普通之威仪，亦不许如此。想此习惯不难改正也。

　　总之，学律诸道侣，改正习惯时，皆由自己发心。决无人出命令而禁止之也。

改过实验谈

本文系弘一大师一九三三年一月二十六日(农历春节)在厦门妙释寺讲。

今值旧历新年,请观厦门全市之中,新气象充满,门户贴新春联,人多着新衣,口言恭贺新喜、新年大吉等。我等素信佛法之人,当此万象更新时,亦应一新乃可。我等所谓新者何,亦如常人贴新春联、着新衣等以为新乎? 曰:不然。我等所谓新者,乃是改过自新也。但"改过自新"四字范围太广,若欲演讲,不知从何说起。今且就余五十年来修省改过所实验者,略举数端为诸君言之。

余于讲说之前,有须预陈者,即是以下所引诸书,虽多出于儒书,而实合于佛法。因谈玄说妙修正次第,自以佛书最为详荆而我等初学之人,持躬敦品、处事接物等法,虽佛书中亦有说者,但儒书所说,尤为明白详尽适于初学。故今多引之,以为吾等学佛法者之一助焉。以下分为总论别示二门。

一、总论者即是说明改过之次第:

1.学须先多读佛书儒书,详知善恶之区别及改过迁善之法。倘因佛儒诸书浩如烟海,无力遍读,而亦难于了解者,可以先读格言联璧一部。余自儿时,即读此书。归信佛法以后,亦常常翻阅,甚觉其亲切而有味也。此书佛学书局有排印本甚精。

2.省既已学矣,即须常常自己省察,所有一言一动,为善欤,为恶欤? 若为恶者,即当痛改。除时时注意改过之外,又于每日临睡时,再将一日所行之事,详细思之。能每日写录日记,尤善。

3.改省察以后,若知是过,即力改之。诸君应知改过之事,乃是十分光明磊落,足以表示伟大之人格。故子贡云:"君子之过也,如日月之食焉;过也人皆见之,更也人皆仰之。"又古人云:"过而能知,可以谓明。知而能改,可以即圣。"诸君可不勉乎!

二、别示者,即是分别说明余五十年来改过迁善之事。但其事甚多,不可胜举。今且举十条为常人所不甚注意者,先与诸君言之。

《华严经》中皆用十之数目,乃是用十以表示无尽之意。今余说改过之事,仅举十条,亦尔;正以示余之过失甚多,实无尽也。此次讲说时间甚短,每条之中仅略明大意,未能详言,若欲知者,且俟他日面谈耳。

1.虚心。常人不解善恶,不畏因果,绝不承认自己有过,更何况改?但古圣贤则不然。今举数例:孔子曰:"五十以学易,可以无大过矣。"又曰:"闻义不能徙,不善不能改,是吾忧也。"蘧伯玉为当时之贤人,彼使人于孔子。孔子与之坐而问焉,曰:"夫子何为?"对曰:"夫子欲寡其过而未能也。"圣贤尚如此虚心,我等可以贡高自满乎!

2.慎独。吾等凡有所作所为,起念动心,佛菩萨乃至诸鬼神等,无不尽知尽见。若时时作如是想,自不敢胡作非为。曾子曰:"十目所视,十手所指,其严乎!"又引诗云:"战战兢兢,如临深渊,如履薄冰。"此数语为余所常常忆念不忘者也。

3.宽厚。造物所忌,曰刻曰巧。圣贤处事,惟宽惟厚。古训甚多,今不详录。

4.吃亏。古人云:"我不识何等为君子,但看每事肯吃亏的便是。我不识何等为小人,但看每事好便宜的便是。"古时有贤人某临终,子孙请遗训,贤人曰:"无他言,尔等只要学吃亏。"

5.寡言。此事最为紧要。孔子云:"驷不及舌",可畏哉!古训甚多,今不详录。

6.不说人过。古人云:"时时检点自己且不暇,岂有功夫检点他人。"孔子亦云:"躬自厚而薄责于人。"以上数语,余常不敢忘。

7.不文己过。子夏曰:"小人之过也必文。"我众须知文过乃是最可耻之事。

8.不覆己过。我等倘有得罪他人之处,即须发大惭愧,生大恐惧。发露陈谢,忏悔前愆。万不可顾惜体面,隐忍不言,自诳自欺。

9.闻谤不辩。古人云:"何以息谤?曰:无辩。"又云:"吃得小亏,则不至于吃大亏。"余三十年来屡次经验,深信此数语真实不虚。

10.不嗔。嗔习最不易除。古贤云:"二十年治一怒字,尚未消磨得荆"但我等亦不可不尽力对治也。华严经云:"一念嗔心,能开百万障门。"可不畏哉!

三、因限于时间,以上所言者殊略,但亦可知改过之大意。最后,余尚有数言,愿为诸君陈者:改过之事,言之似易,行之甚难。故有屡改而屡犯,自己未能强作主宰者,实由无始宿业所致也。务请诸君更须常常持诵阿弥陀佛名号,观世音地藏诸大菩萨名号,至诚至敬,恳切忏悔无始宿业,冥冥中自有不可思议之感应。承佛菩萨慈力加被,业消智朗,则改过自新之事,庶几可以圆满成就,现生优入圣贤之域,命终往生极乐之邦,此可为诸君预贺者也。

常人于新年时,彼此晤面,皆云恭喜,所以贺其将得名利。余此次于新年时,与诸君晤面,亦云恭喜,所以贺诸君将能真实改过不久将为贤为圣;不久决定往生极乐,速成佛道,分身十方,普能利益一切众生耳。

佛法十疑略释

本文系弘一大师一九三八年十一月二十七日子福建安海金墩宗祠所做讲演。

欲挽救今日之世道人心，人皆知推崇佛法，但对于佛法而起之疑问，亦复不少。故学习佛法者，必先解释此种疑问，然后乃能着手学习。以下所举十疑及解释，大半采取近人之说而叙述之，非是讲者之创论，所凝固不限此，今且举此十端耳。

一、佛法非迷信

近来，知识分子多批评佛法谓之迷信。

我辈详观各地寺庙，确有特别之习惯及通俗之仪式，又将神仙鬼怪等混入佛法之内，谓是佛法正宗。即有如此奇异之现相，也难怪他人谓佛法是迷信。但佛法本来面目贝！不如此，决无崇拜神仙鬼怪等事。其仪式庄严，规矩整齐，实超出他种宗教之上。

又佛法能破除世间一切迷信，而与以正信，岂有佛法即是迷信之理?！故知他人谓佛法为迷信者，实由误会。倘能详察，自不致有此批评。

二、佛法非宗教

或有人疑佛法为一种宗教,此说不然。

佛法与宗教不同,近人著作中常言之,兹不详述。应知佛法实不在宗教范围之内也。

三、佛法非哲学

或有人疑佛法为一种哲学。此说不然。

哲学之要求在求真理,以其理智所推测而得之某种条件,即谓为真理。其结果有一元、二元、唯心、唯物种种之说。甲以为理在此,乙以为理在彼,纷纭扰攘,相非相谤。但彼等无论如何尽力推测,总不出于错觉一途。譬如育人摸象,其生平未曾见象之形状,因其所摸得象之一部分,即谓是为象之全体,故或摸其尾——便谓象如绳,或摸其背——便谓象如床,或摸其胸——便谓象如地。虽因所摸处不同而感觉互异,总而言之,皆是迷惑颠倒之见而已。

若佛法则不然。

譬如明眼人能亲见全象,十分清楚,与前所谓盲人摸象者迥然不同。因佛法须亲证"真如",了无所疑,决不同哲学家之虚妄测度也。

何谓"真如"之意义?

真真实实,平等一如,无妄情,无偏执,离于意想分别——即是哲学家所欲了知之宇宙万有之真相及本义也。夫哲学家欲发明宇宙万有之真相及本体,其志诚为可嘉;第太无方法,致罔废心力,而终不能达到耳。

以上所说之佛法非宗教及哲学,仅略举其大概。若欲详知者,有南京支那内学院*出版之《佛法非宗教非哲学》一详卷,可自详研,即能洞明其奥义也。

四、佛法非违背于科学

常人以为佛法重玄想,科学重实验,遂谓佛法违背于科学,此说不然。

近代科学家持实验主义者,有两种意义:

一是根据眼前之经验,彼如何,即还彼如何——毫不加以玄想。

二是防经验不足恃,即用人力改进,以补通常经验之不足。

佛家之态度亦尔。彼之"戒"、"定"、"慧"三无漏学,皆是改进通常之经验。但科学之改进经验重在客观之物件,佛法之改进经验重在主观之心识。

如人患目病,不良于视,科学只知多方移置其物,以求一辨;佛法则努力医治其眼,以求复明。两者虽同为实验,但在治标治本上有不同耳。

关于佛法与科学之比较,若欲详知者,乞阅上海开明书店 * 代售之《佛法与科学之比较研究》。著者王小徐,曾留学英国,在理工专科上迭有发见,为世界学者所推重,近以其研究理工之方法,创立新理论,解释佛学,因著此书也。

五、佛法非厌世

常人见学佛法者,多居住山林之中,与世人罕有往来,遂疑佛法为消极的厌世的,此说不然。

学佛法者,固不应迷恋尘世,以贪求荣华富贵,但亦绝非是之厌世者。因学佛法之人,皆须发"大菩提心",以一般人之苦乐为苦乐,抱热心救世之宏愿。不唯非消极,乃是积极中之积极者。虽居住山林中,亦非贪享山林之清福,乃是勤修"戒"、"定"、"慧"三字,以预备将来出山救世之资具耳,与世俗青年学子在学校读书,为将来任事之准备者甚相似。

由是可知,谓佛法为消极厌世者实属误会。

六、佛法非不宜于国家之兴盛

近来,爱国之青年信仰佛法者少,彼等谓:佛法传自印度,而印度因此衰亡,遂疑佛法与爱国之行动相妨碍,此说不然。佛法实能辅助国家,令其兴盛,未尝与爱国之行动相妨碍。

印度古代有最信仰佛法之国王,如阿育王、戒日王等,以信佛故,而统一兴盛其国家。其后婆罗门等旧教复兴,佛法渐无势力,而印度国家乃随之衰亡——其明证也。

七、佛法非能灭种

常人见僧尼不婚不嫁,遂疑人人皆信佛法,必致灭种,此说不然。

信佛法而出家者,乃为僧尼,此实极少之数。此外大多数之在家信佛法者,仍可婚嫁如常。

佛法中之僧尼,与他教之牧师相似,非是信徒皆应为牧师也。

八、佛法非废弃慈善事业

常人见僧尼唯知弘扬佛法,而于建立大规模之学校、医院、善堂等利益社会之事未能努力,遂疑学佛法者废弃慈善事业,此说不然。

依佛经所载,布施有二种:一曰财施,二曰法施。

出家之佛徒,以法施为主,故应多致力于弘扬佛法,而以余力提倡他种慈善事业。

若在家之佛徒,则财施与法施并重,故在家居士多努力作种种慈善事业。

近年以来,各地所发起建立之佛教学校、慈儿院、医院、善堂,修桥,造凉亭,乃至施米、施衣、施钱、施棺等事;皆时有所闻,但不如他教仗外国慈善家之财力,所经营者规模阔大耳。

九、佛法非是分利

近今经济学者,谓"人人能生利,则人类生活发达,乃可共享幸福",因专注重于生利,遂疑信仰佛法者,唯是分利而不生利、殊有害于人类,此说亦不免误会。

若在家人信仰佛法者,不得于职业,士、农、工、商皆可为之。此理易明,可毋庸置疑。若出家之僧尼,常人观之,似为极端分利而不生利之寄生虫、但僧尼亦何尝无事业?! 僧尼之事业,即是弘法利生。倘能教化世人,增上道德,其间接直接有真实大利益于人群者正无量矣！

十、佛法非说空以灭人世

常人因佛经中说"五蕴皆空"、"无常若空"等，因疑佛法只一味说空，若信佛法者多，将来人世必因之而消灭，此说不然。

大乘佛法，皆说"空"及"不空"两方面。虽有专说"空"时，其实亦含有"不空"之义。故须兼说"空"与"不空"两方面，其义乃为完足。

何谓"空"及"不空"？

"空"者是无我；"不空"者是救世之事业。虽知无我，而能努力作救世之事业，故"空"而"不空"；虽努力作救世之事业，而绝不执著有我，故"不空"而"空"。如是真实了解，乃能以无我之伟大精神，而作种种之事业无有障碍也。

又若能解此义，即知常人执著我相而作种种救世事业者，其能力薄，范围小，时间促，不彻底；若欲能力强，范围大，时间久，最彻底者，必须于佛法之空义十分了解。如是所作救世事业乃能圆满成就也。

故知所谓"空"者，即是于常人所执著之我见，打破消灭，一扫而空，然后以无我之精神，努力切实作种种之事业。亦犹世间行事，先将不良之习惯等，一一推翻，然后良好之建设乃得实现。信能如此，若云牺牲，必定真能牺牲；若云救世，必定真能救世。由是坚坚实实，勇猛精进而作去，乃可谓伟大，乃可谓彻底。

所以真正之佛法，先须向"空"上立脚，而再向"不空"上作去，岂是一味说"空"而消灭人世那？！

以上所说之十疑及释义，多是采取近人之说，而叙述其大意。诸君闻此，应可免除种种之误会。若佛法中之真义，至为繁广，今未能详说。惟冀诸君，从此以后，专心研究佛法。请购佛书，随时阅览，久之自可洞明其义。是为余所厚望焉。

＊南京支那内学院：系我国近代著名佛学院之一，其主持者为佛学家欧阳竟无。

＊上海开明书店：中国近现代一著名书店，时业主为章锡琛，总编辑为夏

丙尊。

　　对于当时居住于山林中之出家人，是否能勤修"戒""定""慧"，以预备将来出山救世之资具，李叔同在一九二七年春写给蔡元培等人的信中提出："对于服务社会之一派，应如何尽力提倡？此是新派；对于山林办道之一派，应如何尽力保护？此是旧派，但此振必不可废；对于既不能服务于社会又不能办道山林之一派应如何处置？对于应赴一派（即专作经忏者）应如何严加取缔？对于子孙之寺院（即出家剃发之处）应如何处置？对于受戒之时应如何严加限制？如是等种种问题，皆乞仁者仔细斟酌，妥为办理。俾佛门兴盛，佛法昌明，则幸甚矣！

佛法学习初步

本文系弘一大师一九三八年十一月二十九日在安海金墩宗祠讲。

佛法宗派大概,前已略说。

或谓高深教义,难解难行,非利根上智不能承受。若我辈常人欲学习佛法者,未知有何法门,能使人人易解,人人易行,毫无困难,速获实益耶?

案佛法宽广,有浅有深。故古代诸师,皆判摄滔邹以区别之。依唐圭峰禅师所撰华严原人论中,判立五教:

一、人天教。二、小乘教。三、大乘法相教。四、大乘破相教。五、一乘显性教。以此五教,分别浅深。若我辈常人易解易行者,唯有撊颂旖虏也。其他四教,义理高深,甚难了解。即能了解,亦难实行。故欲普及社会,又可补助世法,以挽救世道人心,应以撊颂旖虏最为合宜也。

人天教由何而立耶?

常人醉生梦死,谓富贵贫贱吉凶祸福皆由命定,不解因果报应。或有解因果报应者,亦唯知今生之现报而已。若如是者,现生有恶人富而善人贫,恶人寿而善人夭,恶人多子孙而善人绝嗣,是何故欤?因是佛为此辈人,说三世业报,善恶因果,即是人天教也。今就三世业报及善恶因果分为二章详述之。

一、三世业报

三世业报者,现报、生报、后报也。

（一）现报：今生作善恶，今生受报。（二）生报：今生作善恶，次一生受报。

（三）后报：今生作善恶，次二三生乃至未来多生受报。

由是而观，则恶人富、善人贫等，绝不足怪。吾人唯应力行善业，即使今生不获良好之果报来生再来生等必能得之。万勿因行善而反遇逆境，遂妄谓行善无有果报也。

二、善恶因果

善恶因果者，恶业、善业、不动业此三者是其因，果报有六，即六道也。

恶业善业，其数甚多，约而言之，各有十种，如下所述。不动业者，即修习上品十善，复能深修禅定也。

今以三因六果列表如下：

（一）恶业

上品……地狱六道

中品……畜生

下品……鬼

（二）善业

下品……阿修罗

中品……人

上品……欲界天

（三）不动业

次品……色界天

上品……无色界天

今复举恶业、善业别述如下：

恶业有十种。

（一）杀生；（二）偷盗；（三）邪淫；（四）妄言；（五）两舌；（六）恶口；（七）绮语；（八）悭贪；（九）嗔恚；（十）邪见造恶业者，因其造业重轻，而堕地狱、畜生、鬼道之中。受报既尽，幸生人中，犹有余报。今依华严经所载者，录之如下。若诸攀踬中，尚列外境多种，今不别录。

（一）杀生——短命、多病；（二）偷盗……贫穷、其财不得自在；（三）邪淫……妻不贞良、不得随意眷属；（四）妄言……多被诽谤、为他所诳；（五）两舌……眷属乖离、亲族弊恶；（六）恶口……常闻恶声、言多诤讼；（七）绮语……言无人受、语不明了；（八）悭贪……心不知足、多欲无厌；（九）嗔恚……常被他人求其长短、恒被于他之所恼害；（十）邪见……生邪见家、其心谄曲善业有十种。下列不杀生等，止恶即名为善。复依此而起十种行善，即救护生命等也。

（一）不杀生：救护生命；（二）不偷盗：给施资财；（三）不邪淫：遵修梵行；（四）不妄言：说诚实言；（五）不两舌：和合彼此；（六）不恶口：善言安慰；（七）不绮语：作利益语；（八）不悭贪：常怀舍心；（九）不嗔恚：恒生慈悯；（十）不邪见：正信因果造善业者，因其造业轻重而生于阿修罗人道欲界天中。所感之余报，与上所列恶业之余报相反。如不杀生则长寿无病等类推可知。

由是观之，吾人欲得诸事顺遂，身心安乐之果报者，应先力修善业，以种善因。若唯一心求好果报，而决不肯种少许善因，是为大误。譬如农夫，欲得米谷，而不种田，人皆知其为愚也。故吾人欲诸事顺遂，身心安乐者，须努力培植善因。将来或迟或早，必得良好之果报。古人云："祸福无不自己求之者"，即是此意也。

三、以上所说，乃人天教之大义。

唯修人天教者，虽较易行，然报限人天，非是出世。故古今诸大善知识，尽力提倡《净土法门》，即前所说之佛法宗派大概中之《净土宗》。令无论习何教者，皆兼学此《净土法门》，即能获得最大之利益。

《净土法门》虽随宜判为"一乘圆教"搭怀嗽步虏，但深者见深，浅者见浅，即唯修人天教者亦可兼学，所谓"三根普被"也。

在此讲说三日已竟。以此功德，唯愿世界安宁，众生欢乐，佛日增辉……

佛法宗派大概

关于佛法之种种疑问,前已略加解释。诸君既无所疑惑,思欲着手学习,必须先了解佛法之各种宗派乃可。

原来佛法之目的是求觉悟,本无种种差别。但欲求达到觉悟之目的地以前,必有许多途径。而在此途径上,自不妨有种种宗派之不同也。

佛法在印度古代时,小乘有各种部执,大乘虽亦分"空"、"有"二派,但未别立许多门户。

吾国自东汉以后,除将印度所传来之佛法精神完全承受外,并加以融化光大于中华民族文化之伟大悠远基础上,更开展中国佛法之许多特色。至隋唐时,便渐成就大小乘各宗分立之势。今且举十宗而略述之。

一　律宗,又名南山宗

唐代终南山道宣律师所立,依《法华》、《涅》经义,而释通小乘律,立圆宗戒体,正属出家人所学,亦明在家五戒、八戒等。

唐时盛,南宋后衰。今渐兴。

二　俱舍宗

依《俱舍论》而立。

分别小乘名相甚精,为小乘之相宗。欲学大乘法相宗者,固应先学此论。即学他宗者,亦应以此为根底。不可以其为小乘而轻忽之也。

陈隋唐时盛弘,后衰。

三 成实宗

依《成实论》而立,为小乘之空宗,微似大乘。

六朝时盛,后衰。唐以后殆罕有学者。

以上二宗,即依二部论典而形成,并由印度传于中土。虽号称宗,然实不过二部论典之传、持、授、受而已。

以上二宗属小乘,以下七宗皆是大乘。律宗则介于大小乘之间。

四 三论宗,又名性宗,又名空宗

三论者,即《中论》、《百论》、《十二门论》。是三部论皆依《般若经》而造。姚秦时,龟兹国鸠摩罗什三藏法师来此土弘传。

唐初犹盛,以后衰。

五 法相宗,又名慈恩宗,又名有宗

此宗所依之经论,为《解深密经》、《瑜伽师地论》等。

唐玄奘法师盛弘此宗。又糅合印度十大论师所著之《唯识三十颂之解释》而编纂成《唯识论》十卷,为此宗著名之典籍。

此宗最要!无论学何宗者皆应先学此,以为根底也。

唐中叶后衰。近复兴,学者甚盛。

以上二宗,印度古代有之。即所谓"空"、"有"二派也。

六 天台宗,又名法华宗

六朝时此土所立,以《法华经》为正依。至隋智者大师时极盛。其教义较前二宗为玄妙。

隋唐时盛,至今不衰。

七 华严宗,又名贤首宗

唐初此土所立,以《华严经》为依。

至唐贤首国师时而盛,至清凉国师时而大备。

此宗最为广博,在一切经法中称为教海。

宋以后衰。今殆罕有学者,至可惜也。

八 禅宗

梁武帝时,由印度达摩尊者传至此土。

斯宗虽不立文字,直明实相之理体。而有时却假用文字上之教化方便,以弘教法,如《金刚》、《楞伽》二经,即是此宗常所依用者也。

唐宋时甚盛,今衰。

九 密宗,又名真言宗

唐玄宗时,由印度善无畏三藏、金刚智三藏先后传入此土。斯宗以《大日经》、《金刚顶经》、《苏悉地经》三部为正所依。

元后即衰。近年再兴,甚盛。

在大乘各宗中,此宗之教法最为高深,修持最为真切。常人未尝穷研,辄轻肆毁谤,至堪痛叹。

余于十数年前,唯阅《密宗仪轨》,亦尝轻致疑义;以后阅《大日经疏》,乃知密宗教义之高深,因痛自忏悔。

愿诸君不可先阅《仪轨》,应先习经教,则可无诸疑惑矣!

十 净土宗

始于晋慧远大师,依《无量寿经》、《观无量寿佛经》、《阿弥陀经》而立。三根普被,甚为简易,极契末法时机。明季时,此宗大盛。至于近世,尤为兴盛,超出各宗之上。

以上略说十宗大概已竟,大半是摘取近人之说以叙述之。

就此十宗中,有小乘、大乘之别。而大乘之中,复有种种不同。

吾人于此,万不可固执成见,而妄生分别。因佛法本来平等无二,无有可说。即佛法之名称亦不可得,于不可得之中,而建立种种差别佛法者,乃是随顺世间众生以方便建立。因众生习染有浅深,觉悟有先后,而佛法亦依之有种种差别,以适应之。譬如世间患病者,其病症千差万别,须有多种药品以适应之,其价值亦低昂不等。不得仅尊其贵价者,而废其他廉价者。所谓药无贵贱,愈病者良。佛法亦尔。无论大小、权实、渐顿、显密,能契机者,即是无上妙法也。故法门虽多,吾人宜各择其与自己根机相契合者而研习之,斯为善矣!

佛教之简易修持法

　　我到永春的因缘，最初发起，在三年之前。性愿老法师常常劝我到此地来，又常提起普济寺是如何如何的好。

　　两年以前的春天，我在南普陀讲律圆满以后，妙慧师便到厦门请我到此地来。那时因为学律的人要随行的太多，而普济寺中设备未广，不能够收容，不得已而中止。是为第一次欲来未果。

　　是年的冬天，有位善兴师，他持着永春诸善友一张请帖，到厦门万石岩去，要接我来永春。那时因为已先应了泉州草庵之请，故不能来永春。是为第二次欲来未果。

　　去年的冬天，妙慧师再到草庵来接。本想随请前来，不意过泉州时，又承诸善友挽留，不得已而延期至今春，是为第三次欲来未果。

　　直至今年半个月以前，妙慧师又到泉州劝请，是为第四次。因大众既然有如此的盛意，故不得不来。其时在泉州各地讲经，很是忙碌，因此又延搁了半个多月。今得来到贵处，和诸位善友相见，我心中非常地欢喜。自三年前就想到此地来，屡次受了事情所阻，现在得来，满其多年的夙愿，更可说是十分的欢喜了。

　　今天承诸位善友请我演讲，我以为谈玄说妙，虽然极为高尚，但于现在行持终觉了不相涉。所以今天我所讲的，且就常人现在即能实行的，约略说之。

因为专尚谈玄说妙,譬如那饥饿的人,来研究食谱,虽山珍海馔之名,纵横满纸,如何能够充饥? 倒不如现在得到几种普通的食品,即可入口。得充一饱,才于实事有济。

以下所讲的,分为三段。

一 深信因果

因果之法,虽为佛法入门的初步,但是非常的重要,无论何人皆须深信。何谓因果? 因者好比种子,下在田中,将来可以长成为果实。果者譬如果实,自种子发芽,渐渐地开花结果。

我们一生所作所为,有善有恶,将来报应不出下列:桃李种长成为桃李作善报善.

荆棘种长成为荆棘作恶报恶所以我们要避凶得吉,消灾得福,必须要厚植善因,努力改过迁善,将来才能够获得吉祥福德之好果。如果常作恶因,而要想免除凶祸灾难,哪里能够得到呢?

所以第一要劝大众深信因果,了知善恶报应一丝一毫也不会差的。

二 发菩提心

"菩提"二字是印度的梵语,翻译为"觉",也就是成佛的意思。发者,是发起,故发菩提心者,便是发起成佛的心。为什么要成佛呢? 为利益一切众生。须如何修持乃能成佛呢? 须广修一切善行。以上所说的,要广修一切善行,利益一切众生,但须如何才能够彻底呢? 须不着我相。所以发菩提心的人,应发以下之三种心:

一、大智心:不着我相。此心虽非凡夫所能发,亦应随分观察。

二、大愿心:广修善行。

三、大悲心:救众生苦。

又发菩提心者,须发以下所记之四弘誓愿:

一、众生无边誓愿度:菩提心以大悲为体,所以先说度生。

二、烦恼无尽誓愿断：愿一切众生，皆能断无尽之烦恼。

三、法门无量誓愿学：愿一切众生，皆能学无量之法门。

四、佛道无上誓愿成：愿一切众生，皆能成无上之佛道。

或疑烦恼以下之三愿，皆为我而发，如何说是愿一切众生？这里有两种解释：一就浅来说，我也就是众生中的一人，现在所说的众生，我也在其内。再进一步言，真发菩提心的，必须彻悟法性平等，绝不见我与众生有什么差别，如是才能够真实和菩提心相应。所以现在发愿，说愿一切众生，有何妨耶！

三　专修净土

既然已经发了菩提心，就应该努力地修持。但是佛所说的法门很多，深浅难易，种种不同。若修持的法门与根器不相契合的，用力多而收效少。倘与根器相契合的，用力少而收效多。在这末法之时，大多数众生的根器，和哪一种法门最相契合呢？说起来只有净土宗。因为泛泛修其他法门的，在这五浊恶世、无佛应现之时，很是困难。若果专修净土法门，则依佛大慈大悲之力，往生极乐世界，见佛闻法，速证菩提，比较容易得多。所以龙树菩萨曾说，前为难行道，后为易行道，前如陆路步行，后如水道乘船。

关于净土法门的书籍，可以首先阅览者，《初机净业指南》、《印光法师嘉言录》、《印光法师文钞》等。依此就可略知净土法门的门径。

近几个月以来，我在泉州各地方讲经，身体和精神都非常的疲劳。这次到贵处来，匆促演讲，不及预备，所以本说的未能详尽。希望大众原谅。

放生与杀生之果报

今日与诸君相见。先问诸君:(一)欲延寿否? (二)欲愈病否? (三)欲免难否? (四)欲得子否? (五)欲生西否?

倘愿者,今有一最简便易行之法奉告,即是放生也。

古今来,关于放生能延寿等之果报事迹甚多。今每门各举一事,为诸君言之。

一、延寿

张从善,幼年,尝持活鱼,刺指痛甚。自念:"我伤一指,痛楚如是。群鱼剔腮剖腹,断尾剖鳞,其痛如何? 特不能言耳。"遂尽放之溪中,自此不复伤一物,享年九十有八。

二、愈病

杭州叶洪五,九岁时,得噩梦,惊寤,呕血满床,久治不愈。先是彼甚聪颖,家人皆爱之,多与之钱,已积数千缗。至是,其祖母指钱曰:"病至不起,欲此何为?"尽其所有,买物放生,及钱尽,病遂痊愈矣。

三、免难

嘉兴孔某,至一亲戚家。留午餐,将杀鸡供馔。孔力止之,继以誓,遂止。是夕宿其家,正捣米,悬石杵于朽梁之上。孔卧其下。更余、已眠。忽有鸡来啄其头,驱去复来,如是者三。孔不胜其扰,遂起觅火逐之。甫离席,而杵坠,正在其首卧处。孔遂悟鸡报恩也。每举以告人，劝勿杀生。

四、得子

杭州杨墅庙，甚有灵感。绍兴人倪玉树，赴庙求子。愿得子日，杀猪羊鸡鹅等谢神。夜梦神告曰："汝欲生子，乃立杀愿何耶？"倪叩首乞示。神曰："尔欲有子，物亦欲有子也。物之多子者莫如鱼虾螺等，尔盍放之！"倪自是见鱼虾螺等，即买而投之江。后果连产五子。

五、生西

湖南张居士，旧业屠，每早宰猪，听邻寺晓钟声为准。一日忽无声。张问之，僧云："夜梦十一人乞命，谓不鸣钟可免也。"张念所欲宰之猪，适有十一子。遂乃感悟。弃屠业，皈依佛法。勤修十余年，已得神通，知去来事。预告命终之日，端坐而逝。经谓上品往生，须慈心不杀。张居士因戒杀而得往生西方，决无疑矣。

以上所言，且据放生之人今生所得之果报。若据究竟而言，当来决定成佛。因佛心者，大慈悲是，今能放生，即具慈悲之心，能植成佛之因也。

放生之功德如此。则杀生所应得之恶报，可想而知，无须再举。因杀生之人，现生即短命、多病、多难、无子及不得生西也。命终之后，先堕地狱、饿鬼、畜生，经无量劫，备受众苦。地狱、饿鬼之苦，人皆知之。至生于畜生中，即常常有怨仇返报之事。昔日杀牛羊猪鸡鸭鱼虾等之人，即自变为牛羊猪鸡鸭鱼虾等。昔日被杀之牛羊猪鸡鸭鱼虾等，或变为人，而返杀害之。此是因果报应之理，决定无疑，而不能幸免者也。

既经无量劫，生三恶道，受报渐毕。再生人中，依旧短命、多病、多难、无子及不得生西也。以后须再经过多劫，渐种善根，能行放生戒杀诸善事，又能勇猛精勤、忏悔往业，乃能渐离一切苦难也。

抑余又有为诸君言者。上所述杀牛羊猪鸡鸭鱼虾，乃举其大者而言。下至极微细之苍蝇蚊虫臭虫跳蚤蜈蚣壁虎蚁子等，亦决不可害损。倘故意杀一蚊虫，亦决定获得如上所述之种种苦报。断不可以其物微细而轻忽之也。

今日与诸君相见，余已述放生与杀生之果报如此苦乐不同。唯愿诸君自今以后，力行放生之事，痛改杀生之事。余尝闻人云：泉州近来放生之法会甚多，但杀生之家犹复不少。或有一人茹素，而家中男女等仍买鸡鸭鱼虾等之活物任意杀害也。愿诸君于此事多多注意。自己既不杀生，亦应劝一切人皆不杀生。况家中男女等，皆自己所亲爱之人，岂忍见其故造杀业，行将备受大苦，而不加以劝告阻止耶？诸君勉旃，愿悉听受余之忠言也。

药师法门修持课仪略录

《药师如来法门大略》，如大药师寺已印行之《药师如来法门略录》所载。今近述者，为吾人平常修持简单之课仪，若正式供养法，乃至以五色缕结药叉神将名字法等，将来拟别辑一卷，专述其事。今不述及。

欲修持《药师如来法门》者，应供药师如来像。上海佛学书局有石印彩色之像，可以供奉。宜装入玻璃镜中。供像之处，不可在卧室，若不得已，在卧室中供奉者，睡眠之时，宜以净布覆盖像上。

《药师经》供于几上，不读诵时，宜以净布覆盖。供佛像之室内，须十分洁净，每日宜扫地，并常常拂拭几案。

供佛之香，须择上等有香气者。供佛之花，须择开放圆满者。若稍残萎，即除去。花瓶之水，宜每日更换。若无鲜花时，可用纸制者代之。

此外如供净水供食物等，随个人意。但所供食物，须人可食者乃供之；若未熟之水果，及未烹调之蔬菜等，皆不可供。

以上所举之供物，应于礼佛之前预先供好。凡在佛前供物或礼佛时，必须先洗手漱口。此外如能悬幡燃灯尤善，无者亦可。

以下略述《修持课仪》分为七门。其中礼敬、赞叹、供养、回向、发愿，必须行之；诵经、持名、持咒，可随己意一或惟修二法，或仅修一法皆可。

（一）礼敬

十方三宝一拜。或分礼:佛法僧三拜;本师释迦牟尼佛一拜;药师琉璃光如来三拜。此外若欲多拜,或兼礼敬其他佛菩萨者,随己意增加。礼敬之时,须至诚恭敬,缓缓拜起,万不可匆忙。

宁可少拜,不可草率。

(二)赞叹

礼敬既毕,于佛前长跪合掌,唱赞偈云:"归命满月界,净妙琉璃尊。法药救人天,因中十二愿。慈悲宏誓广,愿度诸含生。我今申赞扬,志心头面礼。"

右赞偈出《药师如来消灾除难念诵仪轨》,唱赞之时,声宜迟缓宜庄重。

(三)供养

赞叹即毕,于佛前长跪合掌,唱供食偈云:"愿此香花云,遍满十方界;一一诸佛土,无量香庄严;具足菩萨道,成就如来香。"

供养毕,或随己意增诵忏悔文,或可略之。

(四)诵经

字音不可讹误,宜详考之。

诵经时,或跪或立或坐或经行皆可。

(五)持名

先唱赞偈云:"药师如来琉璃光,焰网庄严无等伦,无边行愿利有情,各遂所求皆不退。"续云:"南无东方净琉璃世界药师琉璃光如来。"以后即持念药师琉璃光如来名号一百零八遍。若欲多念者,随意。

普劝发心印造经像文

一印造经像之功德

众生沉沦于苦海,必赖慈航救济,而后度脱有期。佛法化导于世间,全仗经像住持,而后灯传无尽。以是之故凡能发心:

对于佛经佛像或刻或写、或雕或塑、或装金或绘画—如是种种印造等法,或竭尽己心独立营办,或自力不足广劝众人,或将他人之已印造者为之流通为之供养,或见他人之方印造者为之赞助为之欢喜,具人功德皆至广至大,不可以寻常算数计。何以故? 佛力无力,善拔诸苦;众生无量,闻法为难。今作此印造功德者,开通法桥,弘扬大化,遍施宝筏,普济有缘。其心量之广大,实不可思议。故其功德之广大,亦复不可思议也。敬本诸经之说,略举十大利益,谨用浅文,诠次如左:

(一)从前所作种种罪过,轻者立即消灭,重者亦得转轻。贪痴为造孽种子;身口意为作恶机关。清夜自检,此生所犯者已多不可计。若合多生所犯者言之,所造罪业,多于寒地之冰山。能勿骇惧?! 虽然罪性本空,苟一动赎罪心机,誓愿流动圣经,庄严佛像;罪恶冰山,一遇慧日,有不消灭于无形者乎!

(二)常得吉神拥护。一切瘟疫、水、火寇盗、刀、兵、牢狱之灾,悉皆不受。人间种种恶报,无往而非多生恶业所感,一念之善,力可回天。修行善业,而从最方便易行之印造经像之殊胜功德上做去,其感动吉神而蒙护卫,此中实有相互获益之关系。盖神道天道,自佛法言之,均为夙业所驱,未脱长劫轮转之苦因。所以如来说法,常有无数天神恭敬拥护,阿难集经,四大天王为之捧。案印造经像为诸天龙神非常欢喜之事,以此功德,而感吉神,常为拥护;终此报身,离诸灾厄,宜也。

(三)夙生怨对,咸蒙法益,而得解脱,永免寻仇报复之苦。人间一切争持,嫉妒、诈斯、诬陷、掠夺、残杀等种种构怨行为,莫不起因于自私自利之一念。佛法以破除我执,为救苦雪难第一工程。印造经像,普益人间,为不可思议之法施功德,所及至广。法雨一滴,熄灭多生怨对之火而有余:化仇而为恩,转祸而为福,其权何尝不操之自我也。

(四)夜叉恶鬼,不能侵犯;毒蛇饿虎,不能为害。悭贪丑行,为堕落鬼道之深因;火无明,为降作毒虫之征兆。结怨多生,寻仇百劫,恶缘未熟,任尔逍遥;时会已来,凭谁解救?鬼魅相侵,虎蛇见逼,孽由自作。事非偶然,修士惕之!印造经像,预行忏罪,于是纵有恶缘,悉皆消释。倘临险地,胥化坦途矣!

(五)心得安慰,日无险事,夜无噩梦,颜色光泽,气力充盛,所作吉利。尘世多众,十之七八在惊扰疑闷懊怨痛苦中:吾人一生,十之七八在惊扰疑闷懊丧痛苦中,盖为我计者,我以外个个皆立于敌对之地位:孤与众抗,危孰甚焉!况手欲心难餍,有如深谷,无事自扰,不风亦波一此所以形为罪薮、身为苦本也。佛法善灭诸苦本。彼印造经像者,或以亲沾法味而开明,或则暗受加被而通利:诸障雪消,心安神怡,润及色身,有断然者。

(六)至心奉法,虽无希求,自然衣食丰足,家庭和睦,福寿绵长。至人行事,所见独真,事机一至,急起直追做去,无顾虑无希求,发心至真切,用力至肫挚,自然成就至超卓。印造经像之事,以如是肫切恳挚,至诚格天!至心奉法之人为之,虽不计功德,而所得功德实无限量。即仅就其人所得一部分之世间福言之,自然一一具足,而无少欠缺;苟或有人,心存希望,而始行善,发心不真切,结果即微薄,可决言焉!虽然一念之善,一文之细,皆不虚弃,皆有无量胜果。譬之粒谷播于肥地,一传化百,五传而复得百万兆。作弘法功德者,乌可无此大计无此决心哉!

（七）所言所行，人天欢喜，任到何方，常为多众倾诚爱戴，恭敬礼拜。凡生存嫉妒心造诽谤语，扬人恶事暴人短处称快一时者，殁后沉沦百劫，惨苦万状，备受一切苦报，一旦出生人间，因缘恶劣，任至何地，动遭厌恶－做任何事都无结果。而弘扬佛法之人，善因凤植，存报恩之心，充利群之念；或净三业，作写经画像功德；或舍多金，作印经造像功德，所得胜福，不可称量。现在一切受大众欢敬之人，原从凡生弘法功德中来；往后一切令大众欢敬之人，实从现今弘法功德中出。植荆得刺，栽莲得藕。——后果，胥由自艺也。

（八）愚者转智，病者转健，闲者转亨；为妇女者，报谢之日，捷转男身。凡生吝于教导，以及肆口谤法，肆意毁谤有德之人者，沉沦重罪毕受后，还得多生蠢愚无知报；凡生为贪口腹、恣杀牲禽，以及曾为渔夫屠夫猎户庖丁、与曾操制造凶器火器毒药等权助成他人凶杀之业者，沉沦重罪毕受后，还得多生恶疾残废报；凡生贪欲无厌、止知剥人以肥己，悭吝鄙啬、不肯周急而解囊者，沉沦重罪毕受后，还得多生贫穷困厄报；凡生知见狭劣、心存诡曲，巧言令色，掩饰行欺，逐境攀援、容量浅窄，因循怠惰、倚赖性成，烦恼垢重、怨愤易发，妒忌心深、情欲炽盛者，沉沦重罪毕受后，还得多生女身报。唯有佛法，善解诸缚；苦海无边，回头即岸；罪出万仞，息念便空。是以虔作流布佛经庄严佛像之无上功德者，过去积罪，自然逐渐铲除；未来胜福，稳教圆满成就。

（九）永离恶道，受生善道；相貌端正，天资超越，福禄殊胜。一切含灵，舍身受死，往返之道，如车轮转。千生万劫，常在梦境，作善不已，罪毕斯升。骄纵忘本，种堕落因，作恶多端，福削寿倾，百千万倍，恶报堪惊。地狱饿鬼以及畜生，堕三恶道，万劫沉沦，难得易失。如此人身，作十善业，修五戒行，生人天道，凤福非轻。诸佛如来，悲悯同深，广为说法，首重摄心。正念无作，离垢超尘。是故印造经像，上契佛心，仅此微愿，已种福田。自是厥后，做再来人，诸福圆具，出类超群。

（十）能为一切众生，种植善根。以众生心作大福田，获无量胜果。所生之处，常得见佛闻法。直至三慧宏开，六通亲证，速得成佛。佛世有一城人众，难于摄化。佛言此辈人众，与目连有缘，因遣目连往。全城人众，果皆倾心向化。

诸弟子问佛因缘。佛言目连往劫,曾为樵夫。一日入山伐木,惊起无数乱蜂,其势汹汹,欲来相犯。目连戒勿行凶,且慰之曰:汝等皆有佛性,他年我若成道,当来度汝等。今此城人众,乃当日群蜂之后身也。因目连曾发一普度之念,故与有缘。种因于多劫之前,一旦机缘成熟,而收此不可思议之胜果。

由此观之,吾人生生所经过之时代,在在所接触之万类,一一皆与我有缘;一一众生至灵妙之心地,皆可作为自他兼利之无上福田;我既于一一众生心田中散布福德种子,一一众生皆与我有大缘;一一众生心田中所结无量大数之福果(虽谓此无量大数生生不已之福果),即为播因者道果成熟时期之妙庄严品,亦无不可。

且吾人能先行洁治自己之心田,接受十方三世诸佛如来之无上法宝,作为脱胎换骨转凡成圣之种子。吾身即与十方三世诸佛如来有大因缘,诸佛愿海胜功德一一摄于我心中;我愿与佛无差别,诸佛慈愿互相摄。因该果海果彻因源,无边胜福,即缔造于此日印造经像、弘法利生之一真心中矣!普愿现在未来,一切有缘,善觅福田,善结胜缘。勿任妙用现前之大好光明,如滔滔逝水之在眼前足底飞过也。

二印造经像之机会

印造经像者之所得功德,已略如上述。但何时何处足以适用此种植福之举,特为研究,以便力行。今仅约述如次:

(一)祝寿

生本无生,无生而生。法身寿算,本来无有限量。其现在幻驱,乃从业报中来。报尽便休,无异昙花一现,何寿之足云?今为随顺俗情故,姑且开此祝寿方便门。

凡自己家中或长者或侪辈或自身举行庆典时,切勿杀生宴客,浪掷金钱,妄造怨业;亦勿贪恋无足重轻之虚誉,征文征诗接受过情之称许。作此虚文,对众即为欺饰,问心适足惭汗。以故莫善于扫除一切俗尚而从事于印造经像:有力则刻经造像,无力则写经画像。仰以报四重恩,俯以济三途苦——既能获无量福庆,又可留永久纪念。此种胜举,尊者居士,尤宜悉心提倡,留良榜样与多众看。

若亲戚朋友家举行庆祝时,亦劝准此行之。为造胜福,双方所得功德不可称量。

(二)贺喜

一念妄动,而起欲爱。于本空中,幻出色身,终此天年。但见百苦交煎,诸怨环逼,闻法而觉醒者,方惭愧痛苦之不暇,又何喜之是云?!夫妻父子,无非夙债牵缠;安富尊荣,尽是生理境界。是以觉王眼底,在在可悲。今为多方汲引故,姑且开此贺喜方便门。

凡男娶女嫁时,生儿育女时,职位升迁时,新屋落成时,公司行号开张时,凡百营业获利时,以及其他一切世俗所认为欢喜之事,事而在己,应省下欢喜钱财,作此刻经造像之殊胜功德,其戚友之表情道贺者,宜预向声明所定意旨,俾知所遵循。群以弘法范围内事,为多众示范。

由知识阶级开此风气,转移俗尚,响应至捷,而主宏远,可以断言!事在戚友,亦宜迎机利导,免作无谓之举。省下金钱,作此自他兼益之图。

(三)免灾

天灾人祸,无代蔑有。灾分大小,胥由一切众生别业同业感召而至。字从水从火,示其来势猛烈,有一发而不易收拾之概。灾殃之种别;若刀兵、若瘟疫、若饥馑、若牢狱;若洪水为患,田庐淹没;若大地震裂,城邑为陷;此外如毁灭一切所有之风灾火灾,以及其他猝不及防之一切悲惨之结果,皆得以灾祸之名目括之。触目而惊心,思患而预防,讲求避免之方,不可一日缓!今为饶益一切有情故,特别开此免灾方便门。

无论山居水居平壤居,所有种种因境而生之特异灾厄,以及刀兵寇盗疫疠火患牢狱,与多生怨对寻仇报复之一切祸灾或为父母师长及诸眷属与诸戚友祈祷免祸;或为并世而生之一切众生发大慈悲心代为祈祷免祸;或为过现未来四生六道中一切众生发大菩提心代为祈祷免祸。其最实际最有效之胜举,当以流通佛经庄严佛像为第一美举。

是何为者?以十方三世诸佛悯念众生故;三界灾厄唯佛威神力善能消除故;矢诚弘法之人与诸佛慈悲救拔之深心宏愿默相感通故。

（四）祈求

动若不休，止水皆化波涛；静而不扰，波涛悉为止水。水相如此，心境亦然。不变随缘，真如当体成生灭；随缘不变，生灭当体即真如。一迷则梦想颠倒，触处障碍；一悟则究竟涅，当下清凉。不动道场中，本来一切具足，又何欠缺驰求之有！今为多众劝进故，特别开此祈救方便门。

凡为自己及六亲眷属之忧年寿短促者求延寿，为子嗣艰难者求诞育，以迄疾病之求速愈，家宅之求平安，怨仇之求解释。营业之求顺遂。一切作为之求如意（但有伤道德之行为及职业，与佛道不相应故，均在屏除之列）；求国内和平，求世界平和，求现在未来一切法界众生回心向善离诸磨难；以至一切闻法之人求增长智慧；求证念佛三昧；求临终时无诸苦厄，心不颠倒，往生极乐，皆宜作此写经印经造像画像功德，至诚祈祷，终能一一满足其所愿。

（五）忏悔

省庵法师《劝发菩提心文》有云：我释迦如来，最初发心，为我等故，行菩萨道，经无量劫，备受诸苦。我造业时，佛则哀怜，方便教化，而我愚痴，不知信受。我堕地狱，佛复悲痛，欲代我苦，而我业重，不能救拔。我生人道，佛以方便，令种善根，世世生生，随逐于我，心无暂舍。

佛初出世，我尚沉沦，今得人身，佛已灭度。何罪而竟生末法？何障而不见金身？抚躬自问，能不惶悚无地？今为消除罪障故，特别开此忏悔方便门。

修持戒行，为末世众生度脱生死苦海最重要最切用之一方法，欲修戒行，当向律藏诸法典参求。在家弟子，宜读《十善业道经》、《在家律要广集》、《优婆塞戒经》、《菩萨戒本经笺要》、《梵网经合注》、《出家戒律不备录》，夫然后了知一切过咎所在。对于自己前此曾作诸不善事，深自追悔。而欲以忏悔开灭罪之门辟自新之路者，当以流通佛经，庄严宝像，为最有效！

作此功德时，至诚忏悔，以赎前愆。前此所作诸不善业，可以立即消灭。若代为他人忏悔者，亦适用此方法。

（六）荐拔

树欲静而风不息，子能养而亲不在——此普天下为子女者对于父母养育之恩酬报无从而抱无限之悲痛者也！然而吾父吾母，躯体难殁，尚有不与躯体俱殁者在。是何物？曰灵性是。此灵性者，舍身受死，被夙业所驱，重处偏堕，自难做主。循环往复，三途六趣，从劫至劫，了无出期。吁嗟乎！三界火宅，岂得留恋?! 善哉莲池大师有云：亲得离尘垢，子道方成就。是以善报亲恩者，当虔修出世法，使我今生之生身父母，仗我不可思议之愿力，脱离生死苦海为第一要图；并使我百劫千生之生身父母，现尚滞留于六道中受苦无量者，咸得仗我不可思议之愿力，方便脱离生死苦海为第一要图。以念多生父母深恩故，作彻底酬报想；以念多生父母沉沦六道故，视六道众生皆父母－作六道众生未度尽时誓不成佛想。无论先觉后觉，人人皆有一亲恩未报之大事因缘在。今求浅近易行故，特别开此荐拔方便门。

凡值父母丧亡，或亡后七七纪念、一周年纪念，以至数周年无数周年纪念，或死期或诞辰或冥寿作诸纪念，皆宜举行印造经像之殊胜功德。其祖父母及外祖父母，与其他一切平辈幼辈，亦宜作此功德以资冥福。若亲戚朋友丧亡之时，亦宜以此类弘法功德，代却一切无益之礼教。其所获功德至无限量。

以上所述，不过仅就大概而言之，此外植福机会不胜枚举。欲悉其详，广诵一切经典自知。

三印造经像之方法

（一）写经

凡《大藏经》中诸经及诸律论，以至古今来一切大德之著作－长篇短段，集联题颂，皆可恭敬书写；或与通达佛法之人商量，酌定一切，尤为妥善。若自己不能写者，可以托人为之；若自己能写，则以自写为是。书法虽不必如何精美，但须工整，不可苟且潦草。普陀由印光法师云：写经宜如进士写策，一笔不容苟简。其体必须依正式体。又谓：古人写一字，礼三拜，绕三币，称十二声佛名。慈训殷勤，感人至深。敬录之，为作写经功德者劝！

（二）画像

凡佛菩萨像皆可绘画－或大或小，或坐或立，或墨画或着色，均好。长于作画、长于画人物而又熟览内典者，尤易得法；如于画学毫无根底，下笔之宜忌，漫无把握者,勿轻易为此,致惹亵慢而招过咎。

（三）刻经印经

或刻木版或排印或石印,均可酌量行之;或出资向流通处指请现代经典,赠送有缘,以广流布,而宏劝化;或于他人劝募之时,出资赞助,作见闻随喜功德,悉可种植善根获大利益。有光纸落墨不可用。若贪贱用之,所得功德,较用本国纸当减十倍。不可不知!

（四）刻像印像

得名画家画就之佛菩萨像,求其流传久远广行摄化者,莫善于制版刷印。或请名手镌刻坚质木版,或勒石,或制铜版锌版及玻璃版,均佳。

四 发愿文之程式

此种发愿文,应附书于经像之后。格式甚多,不胜具述。

今略举六例如下:

（一）写经

某年月日,弟子某敬写某经若干部。以此功德,愿我震旦国中以及世界各国,风调雨顺,物阜时雍。灾难消除,干戈永息。共沐佛化,同证菩提（祝愿辞尽可随意活变,此特备一格式而已）。

（二）画像

某年月日,弟子某敬舍微资,请画师某恭画某佛某菩萨像若干纸。愿我身体安康,资生具足,现世永离衰恼,临终往生西方。并愿以此功德,回向法界众生,同度迷津,齐成佛道。

（三）刻经

某年月日,某居士（或其他相宜之名称）几旬生辰。弟子某某等咸以戚好,窃援昔人写经祝寿之例,敬刻某经,并印送若干部,以广宏愿,亦祈难老。伏唯三宝证知。

（四）印经

某年月日,第几男某诞生。弟子某敬施资印送某经若干部,以结法缘。并愿法界无子众生,皆得诞生福德智慧之男,绍隆家业;弘宣佛法,普利有情,绵延相承,尽未来际。

(五)刻像

某年月日,弟子某某等,舍资合刊某佛像或某菩萨像,并印送若干纸。唯愿吾等罪障消除,福慧增长。早证念佛三昧,共生极乐莲邦。普度众生,同圆种智。

(六)印像

某年月日,弟子某敬施资印送某佛像(或某菩萨像)若干纸。伏愿仗此功德,为母某氏(若为他人者,可随改他名称)忏某罪某罪。诸如此罪,愿悉消除,或不可除,愿皆代受;令现前病苦速得安痊;若大限难逃,竟登安养,仰乞三宝,证明摄受。

如欲广览愿文格式者,可请阅《录峰宗论》此书系扬州东乡砖桥法藏寺刻版,价两元。上海有正书局及上海北泥城桥北京路佛经流通处、北京卧佛寺佛经流通处,以及他处著名之佛经流通处,皆有寄售,价约二元左右。此书首卷全载愿文,如能熟读此愿文,不仅能通愿文之格式,并能贯通佛法之精义。奉劝有志之士,其毋忘焉。又发愿虽为自己之事,必须附以普及众生等语,如是则愿力普遍功德更大矣!

人生之最后

岁次壬申十二月，厦门妙释寺念佛会请余讲演，录写此稿。于时了识律师卧病不起，日夜愁苦。见此讲稿，悲欣交集，遂放下身心，屏弃医药，努力念佛。并扶病起，礼大悲忏，吭声唱诵，长跽经时，勇猛精进，超胜常人。见者闻者，靡不为之惊喜赞叹，谓感动之力有如是剧且大耶。余因念此稿虽仅数纸，而皆摘录古今嘉言及自所经验，乐简略者或有所取。乃为治定，付刊流布焉。

第一章　绪言

古诗云："我见他人死，我心热如火；不是热他人，看看轮到我。"

人生最后一段大事，岂可须臾忘耶！今为讲述，次分六章，如下所列。

第二章　病重时

当病重时，应将一切家事及自己身体悉皆放下。专意念佛，一心希冀往生西方。能如是者，如寿已尽，决定往生；如寿未尽，虽求往生而病反能速愈，因心至专诚，故能灭除宿世恶业也。倘不如是放下一切专意念佛者，如寿已尽，决定不能往生，因自己专求病愈不求往生，无由往生故；如弘一法师所书之字幅：

寿未尽，因其一心希望病愈，妄生忧怖，不唯不能速愈，反更增加病苦耳。

117

病未重时，亦可服药，但仍须精进念佛，勿作服药愈病之想。病既重时，可以不服药也。余昔卧病石室，有劝延医服药者，说偈谢云："阿弥陀佛，无上医王，舍此不求，是谓痴狂。一句弥陀，阿伽陀药，舍此不服，是谓大错。"因平日既信净土法门，谆谆为人讲说；今自患病，何反舍此而求医药，可不谓为痴狂大错耶！

若病重时，痛苦甚剧者，切勿惊惶。因此病苦，乃宿世业障。或亦是转未来三途恶道之苦，于今生轻受，以速了偿也。

自己所有衣服诸物，宜于病重之时，即施他人。若依《地藏菩萨本愿经·如来赞叹品》所言供养经像等，则弥善矣。

若病重时，神志犹清，应请善知识为之说法，尽力安慰。举病者今生所修善业，一一详言而赞叹之，令病者心生欢喜，无有疑虑，自知命终之后，承斯善业，决定生西。

第三章　临终时

临终之际，切勿询问遗嘱，亦勿闲谈杂话。恐彼牵动爱情，贪恋世间，有碍往生耳。若欲留遗嘱者，应于康健时书写，付人保藏。

倘自言欲沐浴更衣者，则可顺其所欲而试为之。若言不欲，或噤口不能言者，皆不须强为。因常人命终之前，身体不免痛苦。倘强为移动沐浴更衣，则痛苦将更加剧。世有发愿生西之人，临终为眷属等移动扰乱，破坏其正念，遂致不能往生者，甚多甚多。又有临终可生善道，乃为他人误触，遂起嗔心，而牵入恶道者，如经所载：阿耆达王死堕蛇身，岂不可畏。

临终时，或坐或卧，皆随其意，未宜勉强。若自觉气力衰弱者，尽可卧床，勿求好看勉力坐起。卧时，本应面西右胁侧卧。若因身体痛苦，改为仰卧，或面东左胁侧卧者，亦任其自然，不可强制。

大众助念佛时，应请阿弥陀佛接引像，供于病人卧室，令彼瞩视。

助念之人，多少不拘。人多者，宜轮班念，相续不断。或念六字，或念四字，或快或慢,皆须预问病人,随其平日习惯及好乐者念之,病人乃能相随默念。今见助念者皆随己意,不问病人,既已违其平日习惯及好乐,何能相随默念。余愿自今以后,凡任助念者,于此一事,切宜留意。

又寻常助念者,皆用引磬小木鱼。以余经验言之,神经衰弱者,病时甚畏引磬及小木鱼声,因其声尖锐,刺激神经,反令心神不宁。若依余意,应免除引磬小木鱼,仅用音声助念,最为妥当。或改为大钟、大磬、大木鱼,其声宏壮,闻者能起肃敬之念,实胜于引磬小木鱼也。但人之所好,各有不同。此事必须预先向病人详细问明,随其所好而试行之。或有未宜,尽可随时改变,万勿固执。

第四章　经命终后一日

既已命终,最切要者,不可急忙移动。虽身染便秽,亦勿即为洗涤。必须经过八小时后,乃能浴身更衣。常人皆不注意此事,而最要紧。惟望广劝同人,依此谨慎行之。

命终前后,家人万不可哭。哭有何益?能尽力帮助念佛乃于亡者有实益耳。若必欲哭者,须俟命终八小时后。

顶门温暖之说,虽有所据,然亦不可固执。但能平日信愿真切,临终正念分明者,即可证其往生。

命终之后,念佛已毕,即锁房门,深防他人入内,误触亡者。必须经过八小时后,乃能浴身更衣(前文已言,今再谆嘱,切记切记)。因八小时内若移动者,亡人虽不能言,亦觉痛苦。

八小时后着衣,若手足关节硬,不能转动者,应以热水淋洗。用布搅热水,围于臂肘膝弯,不久即可活动,有如生人。

殓衣宜用旧物,不用新者。其新衣应布施他人,能令亡者获福。不宜用好棺木,亦不宜做大坟。此等奢侈事,皆不利于亡人。

第五章　荐亡等事

七七日内,欲延僧众荐亡,以念佛为主。若诵经、拜忏、焰口、水陆等事,虽有不可思议功德，然现今僧众视为具文，敷衍了事，不能如法，罕有实益。《印光法师文钞》中屡斥诫之，谓其惟属场面，徒作虚套。若专念佛，则人人能念，最为切实，能获莫大之利矣。

如请僧众念佛时，家族亦应随念。但女众宜在自室或布帐之内，免生讥议。

凡念佛等一切功德，皆宜回向普及法界众生，则其功德乃能广大，而亡者所获利益亦更因之增长。

开吊时，宜用素斋，万勿用荤，致杀害生命，大不利于亡人。

出丧仪文，切勿铺张。毋图生者好看，应为亡者惜福也。

七七以后，亦应常行追荐以尽孝思。莲池大师谓年中常须追荐先亡。不得谓已得解脱，遂不举行耳。

第六章　劝请发起临终助念会

此事最为切要。应于城乡各地，多多设立。《饬终津梁》中有详细章程，宜检阅之。

第七章　结语

残年将尽，不久即是腊月三十日，为一年最后。若未将钱财预备稳妥，则债主纷来，如何抵挡。吾人临命终时，乃是一生之腊月三十日，为人生最后。若未将往生资粮预备稳妥，必致手忙脚乱呼爷叫娘，多生恶业一齐现前，如何摆脱。临终虽恃他人助念，诸事如法，但自己亦须平日修持，乃可临终自在。奉劝诸仁者，总要及早预备才好。

佛学语录

1.若失本心,即当忏悔,忏悔之法,是为清凉。(金刚三昧经)

2.菩萨若能随顺众生,则为随顺供养诸佛。若于众生尊重承事,则为尊重承事如来。若令众生生欢喜者,则令一切如来欢喜。(华严经普贤行愿品)

3.我若多嗔及怨结者,十方现在诸佛世尊皆应见我,当做是念:云何此人欲求菩提而生嗔恚及以怨结?此愚痴人,以嗔恨故,于自诸苦不能解脱,何由能救一切众生?(华严经修慈分)

4.迦叶白佛:我等从今,当于一切众生生世尊想。若生轻心,则为自伤。佛言:善哉快论。(首楞严三昧经依宝王论节文)

5.应代一切众生受加毁辱,恶事向自己,好事与他人。(梵网经)

6.离贪嫉者能净心中贪欲云翳,犹如夜月,众星围绕。(理趣六波罗蜜多经)

7.生死不断绝,贪欲嗜味故,养怨入丘冢,虚受诸辛苦。(大宝积经富楼那会)

8.是身如掣电,类乾闼婆城,云何于他人,数生于喜怒?(诸法集要经)

9.嗔恚之害则破诸善法,坏好名闻,今世后世,人不喜见。(佛遗教经)

10.行少欲者,心则坦然,无所忧畏,触事有余,常无不足。(佛遗教经)

11.身语意业不造恶,不恼世间诸有情,正念观知欲境空,无益之苦当远离。(有部律周利槃陀伽尊者,三月不能诵得,即此伽陀也)

12.名誉及利养,愚人所爱乐,能损害善法,如剑斩人头。(有部律)

121

13.世间色声香味触,常能诳惑一切凡夫,令生爱著。(智者大师)

14.嗔是失佛法之根本,坠恶道之因缘,法乐之冤家,善心之大贼,种种恶口之府藏。(智者大师)

15.凡夫学道法,唯可心自知,造次向他道,他即反生诽。谛观少言说,人重德能成,远众近静处,端坐正思维。但自观身行,口勿说他短,结舌少论量,默然心柔软。无知若聋盲,内智怀实宝,头陀乐闲静,对修离懈惰。(道宣律师)

16.处众处独,宜韬宜晦,若哑若聋,如痴如醉,埋光埋名,养智养慧,随动随静,忘内忘外。(翠严禅师)

17.我且问你,忽然临命终时,你将何抵敌生死?须是闲时办得下,忙时得用,多少省力。休待临渴掘井,做手脚不迭,前路茫茫,胡钻乱撞。苦哉苦哉。(黄檗禅师)

18.鼻有墨点,对镜恶墨,但揩于镜,其可得耶?好恶是非,对之前境,不了自心,但尤于境,其可得耶?洗分别之鼻墨,则一镜圆净矣。万境咸真矣。执石成宝矣。众生即佛矣。(飞锡法师)

19.修行人大忌说人长短是非,乃至一切世事非干己者,口不可说,心不可思。但口说心思,便是昧了自己。若专炼心,常搜己过,那得工夫管他家屋里事?粉骨碎身,唯心莫动。收拾自心如一尊木雕圣像坐在堂中,终日无人亦如此。幡盖簇拥香花供养亦如此。赞叹亦如此。毁谤亦如此。修行人常常心上无事,时时刻刻体究自己本命元辰端的处。(盘山禅师)

20.元无我人,为谁贪嗔?(圭峰法师)

21.报缘虚幻,不可强为。浮世几何,随家丰俭。苦乐逆顺,道在其中。动静寒温,自愧自悔。(佛眼禅师)

22.学道人逐日但将检点他人底工夫,常自检点,道业无有不办,或喜或怒或静或闹,皆是检点时节。(大慧禅师)

23.化人问幻士,谷响答泉声,欲达吾宗旨,泥牛水上行。(永明禅师)

24.千峰顶上一茅屋,老僧半间云半间,昨夜云随风雨去,到头不似老僧闲。(归宗芝庵禅师)

25.过去事已过去了，未来不必预思量；只今便道即今句，梅子熟时栀子香。（石屋禅师）

26.即今休去便休去，若觅了时无了时。（云峰禅师）

27.琐琐含生营营来去者，等彼器中蚊蚋，纷纷狂闹耳。一化而生，再化而死，化海漂荡，竟何所之？梦中复梦，长夜冥冥，执虚为实，曾无觉日，不有出世之大觉大圣，其孰与而觉之欤？（仁潮禅师）

28.纵宿业深厚，不能顿断，当方便制抑，自励自心。（妙禅师）

29.放开怀抱，看破世间，宛如一场戏剧，何有真实？（莲池大师）

30.达宿缘之自致，了万境之如空，而成败利钝，兴味萧然矣。（莲池大师）

31.伊庵权禅师用功甚锐。至晚，必流涕曰：今日又只怎么空过，未知来日工夫如何？师在众，不与人交一言。（莲池大师）

32.畏寒时欲夏，苦热复思冬，妄想能消灭，安身处处同。草食胜空腹，茅堂过露居，人生解知足，烦恼一时除。（莲池大师）

33.人之过恶深重者，亦有效验。或心神昏塞转头即忘；或无事而常烦恼；或见君子而赧然消沮；或闻正论而不乐；或施惠而人反怨；或夜梦颠倒；甚则妄言失志，皆作孽之相也。苟一类此，即须奋发，舍旧图新，幸勿自误！（袁了凡）

34.只'强顺人情，勉就世故。'八个字，误却你一生大事。道业未成，无常至速！急宜敛迹韬光，一心向道，不得再误！（西方确指）

35.深潜不露，是名持戒，若浮于外，未久必败。有口若哑，有耳若聋，绝群离俗，其道乃崇。（西方确指）

36.种种恶逆境界，尽情看作真实受益之处。名利、声色、饮食、衣服、赞誉、供养种种顺情境界，尽情看作毒药毒箭。（蕅益大师）

37.将身心世界全体放下，作一超方特达之观。（蕅益大师）

38.善友罕逢，恶缘偏盛，非咬钉嚼铁，刻骨镂心，何以自拔哉？（蕅益大师）

38.何不趁早放下幻梦尘劳，勤修戒定智慧？（蕅益大师）

40.勿贪世间文字诗词而碍正法！勿逐悭、贪、嫉妒、我慢，鄙覆习气，而自毁伤！（蕅益大师）

41. 内不见有我，则我无能；外不见有人，则人无过；一味痴呆，深自惭愧！劣智慢心痛自改革！（蕅益大师）

42. 篱菊数茎随上下，无心整理任他黄，后先不与时花竞，自吐霜中一段香。（诵帚禅师）

43. 从今以后，愿遁世不见知而不悔，作一斋公斋婆，向厨房灶下安隐过日，今生不敢复作度人妄想。（彭二林）

44. 幸赖善缘得闻法要，此千生万劫转凡成圣之时。尚复徘徊歧路，乍前乍却，则更历千生万劫，亦如是而止耳！况辗转沦陷，更有不可知者哉？（彭二林）

45. 轮转生死中，无须臾少息，犹复熙熙如登春台，曾不知佛与菩萨为之痛心而惨目也。（彭二林）

46. 汝信心颇深，但好张罗及好游、好结交，实为修行一大障，祈沉潜杜默，则其益无量。戒之！（印光大师）

47. 汝是何等根机，而欲法法咸通耶？其急切纷扰，久则或致失心。（印光大师）

48. 当主敬存诚，于二六时中，不使有一念虚浮怠忽之相，及与世人酬酢，唯以忠恕为怀，则一切时，一切处，恶念自无从而起。（印光大师）

48. 直须将一个死字挂到额颅上。（印光大师）

50. 若善男子、善女人，闻说净土法门，心生悲喜，身毛为竖如拔出者。当知此人，此过去宿命已作佛道来也。（无量清净平等觉经依迦才净土论引文）

51. 汝今亦可自厌生死老病痛苦，恶露不浮，无可乐者！（无量寿经）

52. 无忧恼处，我当往生，不乐阎浮提浊恶世也。（观无量寿佛经）

53. 才有病患，莫论轻重，便念无常，一心待死。（善导大师）

54. 我未曾见闻，慈悲而行恼，互共相嗔恚，愿生阿弥陀。若人如恒河，恶口加刀杖，如是皆能忍，则生清净土。（诸法无行经）

55. 生宏律范，死归安养，平生所得，唯二法门。（灵芝元照律师）

56. 凡闻恶声，则念阿弥陀佛以消禳之，愿一切人不为恶行。凡见善事，则念阿弥陀佛以赞助之，愿一切人皆为善行。无事则默念阿弥陀佛，常在目前，便

念念不忘。能如此者,其于净土决定往生。(王龙舒)

57. 人生能有几时?电光眨眼便过!趁未老未病,抖身心,拨世事;得一日光景,念一日佛名;得一时工夫,修一时净业;由他命终,我之盘缠预办,前程稳当了也。若不如此,后悔难追!(天如禅师)

58. 如就刑戮,若在狴牢,怨贼所追,水火所逼;一心求救,愿脱苦轮。(天如禅师)

59. 于此土声色诸境,作地狱想、苦海想、火宅想。诸宝物作苦具想。饮食衣服,如脓血铁皮想。(妙什禅师)

60. 此界释迦已灭,弥勒未生,贤圣隐伏。众生奔波苦海,犹失父之儿,若不以极乐愿王为归,谁为救护?(妙什禅师)

61. 闻教便行,奚待更劝?(妙什禅师)

62. 惟名闻利养,甜爱软贼,及嗔心嗔火;虽有佛力,不能救焉!行者当深加精进,以攘却之!(妙什禅师)

63. 又复当护人心,勿使夸嫌,动用自若;息世杂善,不贪名利,将过归己,捐弃技能,唯求往生。(妙什禅师)

64. 娑婆有一爱之不轻,则临终为此爱所牵;矧多爱乎?极乐有一念之不一,则临终为此念所转;矧多念乎?(幽溪法师)

65. 若生恩爱时,当念净土眷属无有情爱,何当得生净土?远离此爱。若生嗔恚时,当念净土眷属无有触恼,何当往生净土?得离此嗔。若受苦时,当念净土无有众苦,但受诸乐。若受乐时,当念净土之乐,无央无待。凡历缘境,皆以此意而推广之,则一切时处,无非净土之助行也。(幽溪法师)

66. 如何说得娑婆苦?苦事纷纷等猬毛!(西斋禅师)

67. 当屏人独处,自办道业,以设像为师,经论为侣。(袁宏道)

68. 五浊恶世,寒热苦恼,秽相熏炙,不容一刻居住。(袁宏道)

我在西湖出家的经过

　　杭州这个地方实堪称为佛地,因为寺庙之多约有两千余所,可想见杭州佛法之盛了!

　　最近《越风》社要出关于《西湖》的增刊,由黄居士黄居士(即杭州《越风》杂志编辑黄萍荪。)来函,要我做一篇《西湖与佛教之因缘》。我觉得这个题目的范围太广泛了,而且又无参考书在手,于短期间内是不能做成的;所以,现在就将我从前在西湖居住时,把那些值得追味的几件事情来说一说,也算是纪念我出家的经过。

一

　　我第一次到杭州是光绪二十八年(1902)七月(按:本篇所记的年月皆依农历)。在杭州住了约一个月光景,但是并没有到寺院里去过。只记得有一次到涌金门外去吃过一回茶,同时也就把西湖的风景稍微看了一下。

　　第二次到杭州是民国元年(1912)的七月。这回到杭州倒住得很久,一直住了近十年,可以说是很久的了。我的住处在钱塘门内,离西湖很近,只两里路光景。在钱塘门外,靠西湖边有一所小茶馆名景春园。我常常一个人出门,独自到景春园的楼上去吃茶。

　　民国初年,西湖的情形完全与现在两样——那时候还有城墙及很多柳树,都是很好看的。除了春秋两季的香会之外,西湖边的人总是很少;而钱塘门外更是冷静了。

　　在景春园楼下,有许多茶客都是那些摇船抬轿的劳动者居多;而在楼上吃茶的就只有我一个人了。所以,我常常一个人在上面吃茶,同时还凭栏看着西湖的风景。

在茶馆的附近,就是那有名的大寺院——昭庆寺了。我吃茶之后,也常常顺便到那里去看一看。

民国二年夏天,我曾在西湖的广化寺里住了好几天。但是住的地方却不在出家人的范围之内,是在该寺的旁边,有一所叫做痘神祠的楼上。

痘神祠是广化寺专门为着要给那些在家的客人住的。我住在里面的时候,有时也曾到出家人所住的地方去看看,心里却感觉很有意思呢!

记得那时我亦常常坐船到湖心亭去吃茶。

曾有一次,学校里有一位名人来演讲,我和夏丏尊(1886—1946),浙江上虞人。中国著名作家、出版家。原名铸,字勉旃,号闷庵。早年留学日本,1907年归国,曾任浙江省立第一师范学校舍监。与李叔同为同事,结为终生挚友。其后任白马湖春晖中学教师、上海立达学园教师、暨南大学教授等职。晚年出任上海开明书店总编辑。著有《平屋杂文》,译作有《爱的教育》等。居士却出门躲避,到湖心亭上去吃茶呢!当时夏尊对我说:"像我们这种人,出家做和尚倒是很好的。"我听到这句话,就觉得很有意思。这可以说是我后来出家的一个原因了。

二

到了民国五年的夏天,我因为看到日本杂志中有说及关于断食治疗各种疾病,当时我就起了一种好奇心,想来断食一下。因为我那时患有神经衰弱症,若实行断食后,或者可以痊愈亦未可知。要行断食时,须于寒冷的季候方宜。所以,我便预定十一月来做断食的时间。

至于断食的地点须先考虑一下,似觉总要有个很幽静的地方才好。当时我就和西泠印社的叶品三(叶品三,即叶为铭,杭州人,为西泠印社的创始人之一)。君来商量,结果他说在西湖附近的虎跑寺可作为断食的地点。我就问他:"既要到虎跑寺去,总要有人来介绍才对。究竟要请谁呢?"他说:"有一位丁辅之,即丁仁,西泠印社的创始人之一,中国近代著名金石家。是虎跑寺的大护法,可以请他去说一说。"于是他便写信请丁辅之代为介绍了。

因为从前的虎跑寺不像现在这样热闹,而是游客很少,且十分冷静的地方啊,若用来作为我断食的地点,可以说是最相宜的了。

到了十一月,我还不曾亲自到过。于是我便托人到虎跑寺那边去走一趟,看看在哪一间房里住好。回来后,他说在方丈楼下的地方倒很幽静的。因为那边的房子很多,且平常时候都是关着,客人是不能走进去的;而在方丈楼上,则只有一位出家人住着,此外并没有什么人居住。

等到十一月底,我到了虎跑寺,就住在方丈楼下的那间屋子里。我住进去以后,常看见一位出家人在我的窗前经过(即是住在楼上的那一位)。我看到他却十分的欢喜呢!因此,就时常和他谈话;同时,他也拿佛经来给我看。

我以前从五岁时,即时常和出家人见面,时常看见出家人到我的家里念经及拜忏。于十二三岁时,也曾学了放焰口。可是并没有和有道德的出家人住在一起,同时,也不知道寺院中的内容是怎样的,以及出家人的生活又是如何。

这回到虎跑去住,看到他们那种生活,却很欢喜而且羡慕起来了。

我虽然只住了半个多月,但心里却十分地愉快,而且对于他们所吃的菜蔬,更是喜欢吃。及回到学校以后,我就请用人依照他们那样的菜煮来吃。

这一次我到虎跑寺去断食,可以说是我出家的近因了。

三

到了民国六年的下半年,我就发心吃素了。

在冬天的时候,即请了许多的经,如《普贤行愿品》、《楞严经》及《大乘起信论》等很多的佛经。自己的房里,也供起佛像来,如地藏菩萨、观世音菩萨等的像。于是亦天天烧香了。

到了这一年放年假的时候,我并没有回家去,而到虎跑寺里面去过年。我仍住在方丈楼下。那个时候,则更感觉得有兴味了,于是就发心出家。同时就想拜那位住在方丈楼上的出家人做师父。

他的名字是弘详师(弘详师父即虎跑寺的退居僧了悟法师)。可是他不肯我去拜他,而介绍我拜他的师父。他的师父是在松木场护国寺里居住。于是他就请他的师父回到虎跑寺来,而我也就于民国七年正月十五日受三皈依了。

我打算于此年的暑假入山,预先在寺里住了一年后再实行出家的。当这个时候,我就做了一件海青,及学习两堂功课。

二月初五日那天,是我母亲的忌日,于是我就先于两天前到虎跑去,诵了三天的《地藏经》,为我的母亲回向。

到了五月底,我就提前先考试。考试之后,即到虎跑寺入山了。到了寺中一日以后,即穿出家人的衣裳,而预备转年再剃度。

及至七月初,夏尊居士来。他看到我穿出家人的衣裳但还未出家,他就对我说:"既住在寺里面,并且穿了出家人的衣裳,而不出家,那是没有什么意思的。所以还是赶紧剃度好!"

我本来是想转年再出家的,但是承他的劝,于是就赶紧出家了。七月十三日那一天,相传是大势至菩萨的圣诞,所以就在那天落发。

落发以后仍须受戒的,于是由林同庄(林同庄:浙江瑞安人。早年和李叔同是同学,民国时曾任浙江水利局局长。)介绍,到灵隐寺去受戒了。

灵隐寺是杭州规模最大的寺院,我一向是很欢喜的。我出家以后,曾到各处的大寺院看过,但是总没有像灵隐寺那么好!

八月底,我就到灵隐寺去,寺中的方丈和尚很客气,叫我住在客堂后面芸香阁的楼上。当时是由慧明法师做大师父的。有一天,我在客堂里遇到这位法师了。他看到我时就说:"既系来受戒的,为什么不进戒堂呢?虽然你在家的时候是读书人,但是读书人就能这样地随便吗?就是在家时是一个皇帝,我也是一样看待的!"那时方丈和尚仍是要我住在客堂楼上,而于戒堂里有了紧要的佛事时,方去参加一两回的。

那时候,我虽然不能和慧明法师时常见面,但是看到他那样的忠厚笃实,却是令我佩服不已的!

受戒以后,我就住在虎跑寺内。到了十二月,即搬到玉泉寺去住。此后即常常到别处去,没有久住在西湖了。

泉州承天寺演讲

华严经行愿品末卷所列十种广大行愿中,第八曰常随佛学。若依华严经文所载种种神通妙用,绝非凡夫所能随学。但其他经律等,载佛所行事,有为我等凡夫作模范,无论何人皆可随学者,亦屡见之。今且举七事。

一、佛自扫地

根本说一切有部毗柰耶杂事云:世尊在逝多林。见地不净,即自执帚,欲扫林中。时舍利子大目犍连大迦叶阿难陀等,诸大声闻,见是事已,悉皆执帚共扫园林。时佛世尊及圣弟子扫除已。入食堂中,就座而坐。佛告诸比丘。凡扫地者有五胜利。一者自心清净。二者令他心清净。三者诸天欢喜。四者植端正业。五者命终之后当生天上。

二、佛自舁(音余,即共扛抬也)弟子及自汲水

五分律,佛制饮酒戒缘起云:婆伽陀比丘、以降龙故,得酒醉。衣钵纵横。佛与阿难舁至井边。佛自汲水、阿难洗之等。

三、佛自修房

十诵律云：佛在阿罗毗国。见寺门楣损，乃自修之。

四、佛自洗病比丘及自看病

四分律云：世尊即扶病比丘起，拭身不净。拭已洗之。洗已复为浣衣晒干。有故坏卧草弃之。扫除住处，以泥浆涂洒，极令清净。更敷新草，并敷一衣。还安卧病比丘已，复以一衣覆上。

西域记云：只桓东北有塔，即如来洗病比丘处。

又云：如来在日，有病比丘，含苦独处。佛问：汝何所苦？汝何独居？答曰：我性疏懒不耐看病，故今婴疾无人瞻视。佛愍而告曰：善男子！我今看汝。

五、佛为弟子裁衣

中阿含经云：佛亲为阿那律裁三衣。诸比丘同时为连合，即成。

六、佛自为老比丘穿针

此事知者甚多。今以忘记出何经律，不及检查原文。仅就所记忆大略之义录之。佛在世时，有老比丘补衣。因目昏花，未能以线穿针孔中。乃叹息曰：谁当为我穿针。佛闻之，即立起曰：我为汝穿之等。

七、佛自乞僧举过

是为佛及弟子等结夏安居竟,具仪自恣时也。增一阿含经云:佛坐草座(即是离本座,敷草于地而坐也。所以尔者,恣僧举过,舍骄慢故)告诸比丘言:我无过咎于众人乎?又不犯身口意乎?如是至三。

灵芝律师云:如来亦自恣者,示同凡法故,垂范后世故,令众省己故,使折我慢故。

如是七事,冀诸仁者勉力随学。远离骄慢,增长悲心,广植福业,速证菩提。是为余所希愿者耳!

切莫误解佛教

　　佛教传入中国，已有一千九百多年的历史，所以佛教与中国的关系非常密切。中国的文化、习俗，影响佛教，佛教也影响了中国文化习俗，佛教已成为我们自己的佛教。但佛教是来于印度，印度的文化特色，有些是中国人所不易明了的，受了中国习俗的影响，有些是不合佛教的本意的，所以佛教在中国，信佛法的与不相信佛法的人，对于佛教，每每有些误会，不明佛教本来的意义，发生错误的见解，因此相信佛法的人，不能正确的信仰，批评佛教的人，也不会批评到佛教本身，我觉得信仰佛教或者怀疑评论佛教的人，对于佛教的误解应该先要除去，才能真正地认识佛教，现在先提出几种重要一点来说，希望大家能有正确的见解。

一、由于佛教教义而来的误解

　　佛法的道理很深，有的人不明白深义，只懂得表面文章，随便听了几个名词，就这么讲，那么说，结果不合佛教本来的意思。最普遍的，如："人生是苦""出世间""一切皆空"等名词，这些当然是佛说的，而且是佛教重要的理论，但一般人很少能正确了解它，现在分别来解说：

（一）"人生是苦"，佛指示我们，这个人生是苦的，不明白其中的真义的人，就生起错误的观念，觉得我们这个人生毫无意思，因而引起消极悲观，对于人生应该怎样努力向上，就缺乏力量，这是一种被误解得最普遍的，社会一般每拿这消极悲观的名词，来批评佛教，而信仰佛教的，也每陷于消极悲观的错误，其实"人生是苦"这句话，绝不是那样的意思。

凡是一种境界，我们接触的时候，生起一种不合自己意趣的感受，引起苦痛忧虑，如以这个意思来说苦，说人都是苦的，是不够的，为什么呢？因为人生也有很多快乐事情，听到不悦耳的声音固然讨厌，可是听了美妙的音调，不就是欢喜吗！身体有病，家境困苦，亲人别离，当言是痛苦，然而身体健康，经济富裕，合家团圆，不是很快乐吗！无论什么事，苦乐都是相对的，假如遇到不如意的事，就说人生是苦，岂非偏见了。

那么，佛说人生是苦，这苦是什么意义呢？经上说："无常故苦"一切都无常，都会变化，佛就以无常变化的意思说人生都是苦的。譬如身体健康并不永久，会慢慢衰老病死，有钱的也不能永远保有，有时候也会变穷，权位势力也不会持久，最后还是会失掉。以变化无常的情形看来，虽有喜乐，但不永久，没有彻底，当变化时，苦痛就来了。所以佛说人生是苦，苦是有缺陷，不永久，没有彻底的意思。学佛的人，如不了解真义，以为人生既不圆满彻底，就引起消极悲观的态度，这是不对的，真正懂得佛法的，看法就完全不同，要知道佛说人生是苦这句话，是要我们知道现在这人生是不彻底，不永久的，知道以后可以造就一个永久圆满的人生。等于病人，必须先知道有病，才肯请医生诊治，病才会除去，身体就恢复健康一样。为什么人生不彻底不永久而有苦痛呢？一定有苦痛的原因存在，知道了苦的原因，就会尽力把苦因消除，然后才可得到彻底圆满的安乐。所以佛不单单说人生是苦，还说苦有苦因，把苦因除了就可得到究竟安乐。学佛的应照佛所指示的方法去修学,把这不彻底不圆满的人生改变过来,成为一个究竟圆满的人生。这个境界,佛法叫做常乐我净。

常是永久,乐是安乐,我是自由自在,净是纯洁清净。四个字合起来,就是永久的安乐,永久的自由,永久的纯洁,佛教最大的目标,不单说破人生是苦,而是主要的在于将这苦的人生改变过来,(佛法名为"转依")造成为永久安乐自由自在纯洁清净的人生。指示我们苦的原因在那里,怎样向这目标努力去修持。常乐我净的境地,即是绝对的最有希望的理想境界是我们人人都可达到的。这样怎能说佛教是消极悲观呢。

虽然,学佛的不一定能够人人都得到这顶点的境界,但知道了这个道理,真是好处无边。如一般人在困苦的时候,还知努力为善,等到富有起来,一切都忘记,只顾自己享福,糊糊涂涂走向错路。学佛的,不只在困苦时知道努力向上,就是享乐时也随时留心,因为快乐不是永久可靠,不好好向善努力,很快会堕落失败的。人生是苦,可以警觉我们不至于专门研究享受而走向错误的路,这也是佛说人生是苦的一项重要意义。

(二)"出世"佛法说有世间,出世间,可是很多人误会了,以为世间就是我们住的那个世界,出世间就是到另外什么地方去,这是错了,我们每个人在这个世界,就是出了家也在这个世界。得道的阿罗汉、菩萨、佛、都是出世间的圣人,但都是在这个世界救渡我们,可见出世间的意思,并不是跑到另外一个地方去。

那么佛教所说的世间与出世间是什么意思呢? 依中国向来所说,"世"有时间性的意思,如三十年为一世,西洋也有这个意思,叫一百年为一世纪。所以世的意思就是有时间性的,从过去到现在,现在到未来,在这一时间之内的叫"世间"。佛法也如此,可变化的叫世,在时间之中,从过去到现在,现在到未来有到没有,好到坏,都是一直变化,变化中的一切,都叫世间,还有,世是蒙蔽的意思,一般人不明过去,现在，未来三世的因果，不知道从什么地方来，要怎样做人，死了要到那里去，不知道人生的意义，宇宙的本性，糊糊涂涂在这三世因果当中，这就叫做"世间"。

怎样才叫出世呢？出是超过或胜过的意思，能修行佛法，有智慧，通达宇宙人生的真理，心里清净，没有烦恼，体验永恒真理就叫"出世"。佛菩萨都是在这个世界，但他们都是以无比智慧通达真理，心里清净，不像普通人一样。所以出世间这个名词，是要我们修学佛法的，进一步能做到人上之人，从凡夫做到圣人，并不是叫我们跑到另外一个世界去。不了解佛法出世的意义的人，误会佛教是逃避现实，因而引起不正当的批评。

（三）"一切皆空"佛说一切皆空，有些人误会了，以为这样也空，那样也空，什么都空，什么都没有，横竖是没有，无意义，这才坏事干，好事也不做，糊糊涂涂地看破一点，生活下去就好了。其实佛法之中空的意义，是有着最高的哲理，诸佛菩萨就是悟到空的真理者。空并不是什么都没有，反而是样样都有，世界是世界，人生是人生，苦是苦，乐是乐，一切都是现成的，佛法之中，明显地说道有邪有正有善，有恶有因有果，要弃邪归正，离恶向善，作善得善果，修行成佛。如果说什么都没有，那我们何必要学佛呢？既然因果，善恶，凡夫圣人样样都有，佛为什么说一切皆空？空是什么意义呢？因缘和合而成，没有实在的不变体，叫空。邪正善恶人生，这一切都不是一成不变实在的东西，皆是依因缘的关系才有的，因为是从因缘而产生，所以依因缘的转化而转化，没有实体所以叫空。举一个事实来说吧，譬如一个人对着一面镜子，就会有一个影子在镜里，怎会有那个影子呢？有镜有人还要借太阳或灯光才能看出影子，缺少一样便不成，所以影子是种种条件产生的，这不是一件实在的物体，虽然不是实体，但所看到的影子，是清清楚楚并非没有。一切皆空，就是依这个因缘所生的意义而说的，所以佛说一切皆空，同时即说一切因缘皆有，不但要体悟一切皆空，还要知道有因有果,有善有恶。学佛的,要从离恶行善,转迷启悟的学程中去证得空性,即空即有,二谛圆融:一般人以为佛法说空,等于什么都没有,是消极是悲观,这都是由于不了解佛法所引起的误会,非彻底纠正过来不可。

二、由于佛教制度而来的误解

佛教是从印度传来的,制度方面有一点不同。我国旧有的地方,例如出家与素食,不明了,一不习惯的人,对此引起许许多多的误会。

(一)"出家"出家为印度佛教的制度,我国社会,特别是儒家对他误解最大,在国内,每听人说,大家学佛,世界上的人都没有了,为什么呢?大家都出家了。没有夫妇儿女,还成什么社会?这是严重的误会,我常比喻说:如教师们教学生,那里教人人当教员去,成为教员的世界吗?这点在菲岛,不大会误会的,因为到处看得到的神父、修女,他们也是出家,但只是天主教徒中的少部分,并非信天主教的人,人人要当神父、修女。学佛的有出家弟子,有在家弟子,出家可以学佛,在家也可以学佛,出家可以修行了生死,在家也同样可以修行了生死,并不是学佛的人一定都要出家,绝不因大家学佛,就会毁灭人类社会。不过出家与在家,既然都可以修行了生死,为什么还要出家呢?因为要弘扬佛教,推动佛教,必须有少数人主持佛教。主持的顶好是出家人,既没有家庭负担,又不做其他种种工作,可以一心一意修行,一心一意弘扬佛法。佛教要存在这个世界,一定要有这种人来推动他,所以从来就有此出家的制度。

出家功德大吗?当然大,可是不能出家的,不必勉强,勉强出家有时不能如法,还不如在家,爬得高的,跌得更重,出家功德高大,但一不当心,堕落得更厉害,要能真切发心,勤苦修行为佛教牺牲自己,努力弘扬佛法,才不愧为出家。出家人是佛教中的核心分子,是推动佛教的主体,不婚嫁,西洋宗教也有这样制度。有许多科学哲学家,为了学业,守独身主义,不为家庭琐事所累,而去为科学,哲学努力。佛教出家制,也就是摆脱世界欲累,而专心一意的为佛法。所以出家是大丈夫的事,要特别的勤苦,如随便出家,出家而不为出家事,那非但没有利益,反而有碍佛教,有的人,一学佛教想出家,似乎学佛非出家不可,不但自己误会了,也把其他人都吓住而不敢来学佛。这种思想—学佛就要出家,要不得,应认识出家不易,先做一良好在家居士为法修学,自利利他。如真能发大心,修出家行,献身佛教,再来出家,这样自己既稳当,对社会也不会发生不良影响。

与出家有关,附带说到两点,有的人看到佛寺广大庄严,清净幽美,于是羡慕出家人,以为出家人住在里面,有施主来供养,无须做工,坐享清福,如流传的"日高三丈犹未起""不及僧家半日闲"之类,就是此种谬说,不知道出家人有出家人的事情要勇猛精进,自己修行时"初夜后夜,精勤佛道"。对信徒说法,应该四处游化,出去宣扬真理,过着清苦的生活,为众生为佛教而努力,自利利他,非常难得,所为僧宝,那里是什么事都不做,坐享现成,坐等施主们来供养,这大概是出家者多,能尽出家人责任者少,所以社会有此误会吧!

有些反对佛教的人,说出家人什么都不做,为寄生社会的消费者,好像一点用处都没有。不知人不一定要从事农、工、商的工作,当教员,新闻记者,以及其他自由职业,也能说是消费者吗?出家人不是没有事做,过着清苦生活而且勇猛精进,所做的事,除自利而外,导人向善,重德行,修持,使信众的人格一天一天提高,能修行了生死,使人生世界得到大利益,怎能说是不做事的寄生者呢?出家人是宗教师,可说是广义而崇高的教育工作者,所以不懂佛法的人说,出家人清闲,或说出家人寄生消费,都不对。真正出家并不如此应该并不清闲而繁忙,不是消耗而能报施主之恩。

(二)"吃素":我们中国佛教徒,特别重视素食,所以学佛的人,每以为学佛就要吃素还不能断肉食的,就会说:看看日本,锡兰,缅甸,泰国或者我国的西藏、蒙古的佛教徒,不要说在家信徒,连出家人也都是肉食的,你能说他们不学佛,不是佛教徒吗?不要误会学佛就得吃素,不能吃素就不能学佛,学佛与吃素并不是完全一致的,一般人看到有些学佛的,没有学到什么,只学会吃素,家庭里的父母兄弟儿女感觉讨厌,以为素食太麻烦,其实学佛的人,应该这样,学佛后,先要了解佛教的道理,在家庭社会,依照佛理做去,使自己的德行好,心里清净,使家庭中其他的人,觉得你在没学佛以前贪心大,嗔心很重,缺乏责任心与慈爱心,学佛后一切都变了,贪心淡,嗔恚薄,对人慈爱,做事更负责,使人觉得学佛在家庭社会上的好处,那时候要素食,家里的人不但不反对,反而生起同情心,渐渐跟你学,如一学佛就学吃素,不学别的,一定会发生障碍,引起讥嫌。

虽然学佛的人,不一定吃素,但吃素确是中国佛教良好的德行,值得提倡,佛教说素食可以养慈悲心,不忍杀害众生的命,不忍吃动物的血肉。不但减少杀生业障,而且对人类苦痛的同情心会增长。大乘佛法特别提倡素食,说素食对长养慈悲心有很大的功德。所以吃素而不能长养慈悲心,只是消极的戒杀,那还近于小乘呢!

以世间法来说,素食的利益极大,较经济,营养价值也高,可以减少病痛,现在世界上,有国际素食会的组织,无论何人,凡是喜欢素食都可以参加,可见素食是件好事,学佛的人更应该提倡,但必须注意的,就是不要把学佛的标准提得太高,认为学佛就非吃素不可。遇到学佛的人就会问:有吃素吗?为什么学佛这么久,还不吃素呢?这样把学佛与素食合一,对于弘扬佛法是有碍的。

三、对于佛教仪式而来的误解

不了解佛教的人,到寺里去看见礼佛念经,拜忏,早晚功课等等的仪式,不明白其中的真义,就说这些都是迷信。这里面问题很多,现在简单的说到下面几种:

（一）"礼佛"。入寺拜佛，拿香、花、灯烛来供佛，西洋神教徒，说我们是拜偶像，是迷信，其实佛是我们的教主，是人而进达究竟圆满的圣者，大菩萨们也是快要成佛的人，这是我们皈依处，是我们的领导者，尊重佛菩萨，当有所表示，好像恭敬父母必须有礼貌一样，佛在世的时候，没有问题，可以直接对他表示恭敬。可是现在释迦佛已入涅槃了，还有他方世界的佛菩萨，都不在我们这个世界，不得不用纸画、泥塑、木头石块来雕刻他们的形象，作为恭敬礼拜的对象，因为这是表示佛菩萨的形象，我们才要恭敬礼拜他，并不因为他是纸、土、木、石。如我们敬爱我们的国家，要怎样表示尊敬呢？用颜色布做成国旗，当升旗的时候，恭恭敬敬向国旗行礼，我们能否说这是迷信的行为？天主教也有像，基督教虽没有神像，但也有十字架作为敬礼的对象，有的还跪下祷告，这与拜佛有何差别呢？说佛教礼佛为拜偶像，这是西洋神教徒对我们礼佛的意义不够理解。

至于香花灯烛呢？佛在世时，在印度是用这些东西来供养佛的，灯烛是表示光明，香花是表示芳香清洁，信佛礼佛，一方面用这些东西来供养佛以表示虔敬，一方面即表示从佛得到光明清净，并不是献花烧香，使佛闻得香味、点灯点烛佛才能看到一切，西洋宗教，尤其是天主教，还不是用这些东西吗？这本是一般宗教的共同仪式。礼佛要恭敬虔诚、礼佛的时候，要观想为真正的佛。如果一面拜，一面想东想西，或者讲话，那是大不敬，失掉了礼佛的意义。

（二）"礼忏"。佛教徒礼忏诵经，异教徒，及非宗教者，也常常误以为迷信。不知道"忏"印度话叫忏摩，是自己做错了以后，承认自己错误的意思，因为一个人，在过去世以及现生中，谁都做过种种错事，犯有种种的罪恶，留下招引苦难，障碍修道解脱的业力，为了减轻及消除障碍苦难的业力，所以在佛菩萨前，众僧前，承认自己的错误，以消除自己的业障。佛法有礼忏的法门，这等于耶教的悔改，在宗教的进修上是非常重要的。忏悔要自己忏，内心真切的忏，才合乎佛教的意思。

一般人不会忏悔要怎么办呢。古代祖师就编集忏悔的仪规,教我们一句一句念诵,口诵心思,也就是知道里面的意义,忏悔自己的罪业了,忏仪中教我们怎样的礼佛,求佛菩萨慈悲加护,承认自己的错误,知道杀生、偷盗、邪淫等的不是,一心发愿改往修来,这些都是过去祖师们教我们忏悔的仪规,(耶教也有耶稣示范的祷告文)但主要还是要从心里发出真切的悔改心。

有些人,连现成的仪规也不会念诵,就请出家人领导着念,慢慢地自己不知道忏悔,专门请出家人来为自己礼忏了,有的父母眷属去世了为要藉三宝的恩威,来消除父母眷属的罪业,也请出家人来礼忏,以求亡者的超升,然而如不明佛法本意,为了铺排门面为了民间风俗,只是费几个钱,请几个出家人来礼忏做功德,而自己或不信佛法,或者自己毫无忏悔恳切的诚意,那是失掉忏礼的意义了。

佛教到了后来,忏悔的意义模糊了。学佛的自己不忏,事无大小都请出家人,弄得出家人为了佛事忙,今天为这家礼忏,明天为那家做功德,有的寺院,天天以佛事为唯一事业;出家人主要事业,放弃不管,这难怪佛教要衰败了,所以忏悔主要是自己,如果自己真真切切的忏悔,甚至是一小时的忏悔,也是超过请了许多人,作几天佛事的功德,了解这个道理,如对父母要尽儿女的孝心,那么为自己父母礼忏的功德很大。因为血缘相通,关系密切的缘故。不要把礼忏,做功德,当作出家人的职业,这不但毫无好处只有增加世俗的毁谤与误会。

(三)“课诵”。学佛的人,在早晚诵经念佛,在佛教里面叫课诵。基督教早晚及饮食时候有祷告,天主教徒早晚也要诵经,这种宗教行仪,本来没有什么问题,不过为了这件事情,有几位问我,不学佛还好,一学佛问题就大了,我的母亲早上晚上一做功课,就要一两个钟头,如学佛的都这样,家里的事情简直没有办法推动了,在一部分的居士间,确有这种情形,使人误会佛教为老年有闲的佛教,非一般人所宜学,其实,早晚课诵,并不是一定诵什么经,念什么佛,也不一定诵持多久,可以随心所欲依实际情形而定时间,主要的须称念三皈依,十愿也是重要的,日本从中国传去的佛教、净土宗、天台宗、密宗等都各有自宗的功课,简要而不费多少时间,这还是唐、宋时代的佛教情况,我们中国近代的课诵,一、是丛林所用的,丛林住了几百人,集合一次就须费好长时间,为适应这特殊环境所以课诵较长。二、元、明以来佛教趋向混合,于是编集的课诵仪规,具备各种内容,适合不同宗派的修学。其实在家居士,不一定要如此。从前印度大乘行人,每天六次行五悔法,时间短些不要紧,次数不妨增多,终之学佛,不只是念诵仪规,在家学佛,绝不可因功课繁长而影响家庭的工作。

(四)"烧纸"。古代中国祭祖时有焚帛风俗,烧一点绸缎,给祖先享用。后来为了简省就改用纸来代替,到后代做成钱,元宝钞票,甚至于扎房子、汽车来焚化,这些都是古代传来的风俗习惯,演变而成,不是佛教里面所有的。

这些事情,也有一点好处,就是做儿女的对父母表示一点孝意。自己饮食,想到父母祖先,自己住屋穿衣,想到祖先,不忘记父祖的恩德,有慎终追远的意义。佛教传来中国,适应中国,方便的与念经礼佛合在一起,但是在儒家"送死为大事"及"厚葬"的风气下,不免铺张浪费,烧得越多越好,这才引起近代人士的批评,而佛教也被认为迷信浪费了。佛教徒明白这个意义,最好不要烧纸箔等,佛教里并没有这些。

如果为了要纪念先人,象征的少烧一点,不要拿到寺庙里去烧,免得佛教为我们受罪。

(五)"抽签,问卜扶乩"。有些佛寺中,有抽签、问卜甚至有扶乩等举动,引起社会的讥嫌,指为迷信。其实纯正的佛教,不容许此种行为(有没有效验,是另外一件事)。真正学佛的,只相信因果。如果过去及现在在作有恶业,绝不能趋吉避凶的方法可以避免。修善得善果,作恶将来避不了恶报,要得到善的果报,就得多做有功德的事情。佛弟子只知道多做善事,一切事情,如法合理的作去,绝不使用投机取巧的

142

下劣作风。这几样都与佛教无关,佛弟子真的信仰佛教,应绝对避免这些低级的宗教行为。

四、由于佛教现况而来的误解

一般中国人,不明了佛教,不明了佛教国际的情形,专以中国佛教的现况,随便批评佛教。下面便是常听到两种:

(一)"信仰佛教的国家就会衰亡"。他们以为印度是因信佛才亡国,他们要求中国富强,于是武断地认为不能信仰佛教,其实这是完全错误,研究过佛教历史的都知道,过去印度最强盛时代,便是佛教最兴盛时代,那时候,孔雀王朝的阿育王统一印度,把佛教传播到全世界。后来婆罗门教复兴,摧残佛教,印度也就日见纷乱。当印度为回教及大英帝国灭亡时,佛教已经衰败甚至没有了。中国历史上,也有这种实例。现在称华侨为唐人、中国为唐山,就可见到中国唐朝国势的强盛,那个时候,恰是佛教最兴盛的时代,唐武宗破坏佛教,也就是唐代衰落了。唐以后,宋太祖、太宗、真宗、仁宗都崇信佛教,也就是宋朝兴盛的时期。明太祖本身是出过家的,太宗也非常信佛,不都是政治修明,国力隆盛的时代吗!日本现在虽然失败了,但在明治维新之后挤入世界强国之列,他们大都是信奉佛教的,信佛谁说能使国家衰弱?所以从历史看来国势强盛时代正是佛教兴盛的时代。为什么希望现代的中国富强,而反对提倡佛教呢!

(二)"佛教对社会没有益处"。近代中国人士,看到天主教、基督教办有学校医院等,而佛教少有举办,就认为佛教是消极,不做有利社会的事业,与社会无益,这是错误的论调,最多只能说,近代中国佛教徒不努力,不尽责,绝不是佛教要我们不做,过去的中国佛教,也办有慈善事业,现代的日本佛教徒,办大学、中学等很多,出家人也多有任大学与中学的校长与教授,慈善事业,也由寺院僧众来主办。特别在锡兰、缅甸、泰国的佛教徒,都能与教育保持密切的关系,兼办慈善事业。所以不能说佛教不能给予社会以实利,而只能说中国佛教徒没有尽了佛弟子的责任,应该多从这方面努力,才会更合乎佛教救世的本意,使佛教发达起来。

中国一般人士,对于佛教的误解还多得很,今天所说的,是比较普遍的,希望大家知道了这些意义,做一个有纯正信仰的佛教徒,至少也能够清除一下对佛教的误会,使纯正佛教的本意发扬出来。否则看来信仰佛教极其虔诚,而实包含了种种错误,信得似是而非,这也难怪社会的讥嫌了。

书 信 选 摘

　　兹有上海城东女学校长杨白民先生，到天津参观学务，乞足下为绍介一切(凡学校、工场、陈列所，以及他种有关于教育者)。如足下有暇，能陪渠一注尤佳，渠人地生疏，且语言不通，良多未便。务乞足下推爱照拂，感同身受。此请大安!

致徐耀庭

一

耀廷五哥大人阁下：

前随津字第一号寄上信一函，谅已收到。五月初二日乃王静波兄令堂发引之期，已代阁下送呢幛一轴，奠仪壹吊文。四月二十六日赵虎臣令堂发引之期，桐兴茂同人公送稞子贰旧挂内，阁下摊钱壹百二十四文。再今有信将各书院奖赏银皆减去七成，归于洋务书院。照此情形，文章虽好亦不足以制胜也。昨朱莲溪兄来舍言，有切时事，作诗一首云：

天子重红毛，洋文教尔曹。

万般皆上品，惟有读书糟。

此四句诗，可发一笑。弟拟过五月节以后，邀张墨林兄内侄杨兄教弟念算学，学洋文。别无可报，专此达知，敬请旅安不一。

愚小弟涛顿首。

二

耀廷五哥大人阁下：

前随信寄上要件一函，内言种种，谅必早登台阁。昨顺立纸局王杏林兄经顾正垒治,用洋药,每日必须吸五六钱,至今已痊愈,烟犹日日吸。唐静岩兄日昨遣轿夫与弟送册页来,敬览之余,实可喜也。十二日乃关帝会,弟往柴少文处看会,经柴少文送弟鸡心红图章一块,有此样大小（炎臣注:旁边画一个图章形式,写着"此是图章样子"大字）,刻"饮虹楼"三字,惜是灰地,有亦属不错。弟昨又刻图章数块,外纸一张上印着,谨呈台阅,祈指正是盼。再有小弟近日写得篆书、隶书仿二篇,并呈台阅,亦祈指正是盼。五月初二日弟又添侄女一个,甚为可喜可贺也。按时下津门天气不正,凉热不时,得时症者甚多,得瘟症者亦不少,别无可报。以后如再有时事,定必达知吾兄,毋庸挂念。专此敬请旅安不一。

愚小弟涛顿首

外仿二张,图章纸一张,并呈。丙申五月十五日泐。

三

暌隔鸿仪,瞬经数月,遥维耀翁五先生大人旅祺安善,福履绥和为颂。启者现时猫部内公私一切均属平常,毋庸挂念。敝仿内亦属不错。今奉上宣纸一张,敬请阁下法绘,随意一挥,单款为荷。专此布恳,如绘得时,祈随信寄下,愈速愈好。此请旅安,余惟朗照不宣。

顿首　五月十五日泐

四

前随津号信寄上信一件,内并有烦画宣册二张,谅必早登台阅矣。谨将近日新闻开列于左,以供阁下阅览,并请耀廷五哥大人旅不另。

如弟涛顿首　六月初四日泐

六月十一日乃沈楚香兄发引之期,预于初十日开吊。冯作舟令正前曾得瘟病,今以(已)经痊愈。昨杏田兄因偶受风寒,回家即成疟疾,甚重,已发十数场,至今并未痊愈。昨援德聚诚折帐镜子找出来,拟众同人每位出钱津文,分二十彩,众人摇彩。赵新言得头彩,曹竹林得二彩,郑彤勋得三彩,皆得大镜子数个,余皆得小镜子二个。现在厅房漫（墁）地。按：津门连日阴雨，时气不正。弟昨又镌图章数块，印一纸上，谨呈台阅，并希指谬。别无可报。此上。

六月初六灯下

再前言顺立纸局王杏林兄病势已好，奈何于本月初八日又因气吐血数口，已于未时逝世，实可惜也。初九日接到信一件，已经捧读，敬悉一切。兹闻冯作舟兄令正病势已好，奈何冯作舟兄数日前偶得瘟疾，至今甚重，特此达知。叔桐又及。

六月初九日

五

耀廷五仁哥大人阁下：

前随信寄上信一件，并有耳封，内有等事，谅必早登台阅矣。兹将近日新闻开列于左，敬呈台览。

本月十二日晚九点钟，津门地动，甚属可怕。十一日晚八点钟，弟舍甥女赵钦甫令正逝世。又十三日晚徐润泉兄偶染时症，至十一点钟亦（已）经逝世。按今年死人过多，甚属可惨，亦属可畏。十二日午后大雨一阵，十三日午后又大雨，至十四日早方住。按：十三日夜间下雨时，又加以大风，甚是寒凉，至十四日午晴天后又甚炎热，若此忽凉忽热，人实在受病不浅。弟未知东口地方时气如何？亦启示知为要。为此达知，敬请旅安，余维朗照不宣。

弟涛顿首　六月十五日泐

再令三嫂朗斋兄令正于前日偶染吐泻，至今日已早经痊愈。按：此信诸同仁大约不敢与阁下去（大概是掉一"信"字——炎臣），恐阁下挂念。弟因至今已好，与阁下去信亦无妨。

又及张杏田兄已于本月十七日午后到号，想经痊愈也。祈无容挂念。

六

不奉清谈，瞬经数月，望风怀想，能不依依。遥维耀廷我仁哥大人旅祺宏

148

集，××（这两字不清楚——炎臣）维新，定如鄙祝。敬启者昨随津号信寄上信一函，内有篆隶仿二张，图章条一张，并有笺墨仿致函，谅必早登台阅矣。谨将近日新闻开列于左，谨登玉览。

现在六月十八日，水梯子关帝会，弟拟出灯谜，烦津店中新邀同事戴柏庵兄抄写。今年五月间天气甚勤，每日必下雨一回，大小不等，河里长（涨）水不少，已平漕（槽）。弟昨又刻图数块，外有纸条一张呈阅，祈指谬是幸。外并有笺墨仿致函一件并呈清览，别无可报。

阁下在外，如有何事亦祈赐一音为祷。专此敬询大安，余惟弘照不备。

如小弟涛顿首

七

耀廷五先生仁大人阁下：

前烦所绘之件，未知绘就否？如绘就祈随信寄下为感。再刻下猫部公事一切皆属平常，毋庸挂念，此请旅祺，余维朗照不备。

六月二十四日泐

捐别鸿仪，瞬经数月，暮云春树，每切怀思。遥维耀廷我哥大人旅祺安善，福履绥和，为颂为慰。弟津门株守，鹿鹿（碌碌）如常，所幸顽体粗和，堪以告慰绮注。鱼鸿得便，尚希惠我好音，以匡不逮，是所祈祷。专此敬请升安，余唯朗照不宣。

再祈捎鼠牙刀一枝。又及。

八月初五日泐

再王静波兄令堂已于前月逝世。赵虎臣令堂又于本月逝世。顺立纸局王杏林兄病势甚重，恐难全（痊）愈。令亲陈荫棠兄令正亦于本月逝世。津店邀同人一位，姓戴字柏庵，系备济社戴八爷令侄，此人腹内甚通，亦善写字，别无可报，又及。

八

前随津字第十一号信寄上信一件，并有耳封，谅必早登台阅矣。谨将近日新闻开列于左。七月初一日，日食亏，午初三刻复圆，未正初刻十三分。兹闻日本海啸，伤民数百万众，以(已)详见报。按近日津地亦无多新闻，并有弟所镌石章数块，呈上裨哂正幸幸。此请耀哥旅安不另。

弟李叔桐顿首　七月初二日泐

外有笺墨仿致函并呈台阅。

九

前寄上十八号信一函，谅必早登台阁。再前盐道使候选盐大使雷熙前往外店押服杨伯忱，奈雷熙在外店住至前月二十一日，而杨伯忱之行恶犹如是也，是以于二十一日回津。又经盐道使候选盐大使王瓒前往，至今王瓒犹患烟痢甚重，是以未得赴外店，至今外店无人，巩杨伯忱趁此必益加行恶也。再河水见水消，天气已晴明数日。此次之信因甚忙乱，是以不能多叙，并有要紧之事，俟下次再得达知。此请旅安不另。

弟涛顿首　七月十二日泐

再郑鹤田令堂于本月初一日逝世，择于今天办(伴)宿，又及。

十

疏逖元辉，匪伊朝夕，瑶琴懒抚，心企知音。遥望耀廷我五哥仁大人旅祺多福，诸务顺怀，为欣为颂。启者前十三日寄上第十九信一函，谅必早登台阁矣。谨将前信未得录完新闻列左：

河中水势，每日必落一二寸，至今天气晴明，谅无奈也。小盐店口子昨日将开，幸有德和米局周掌柜施麻袋六十条，切面数百斤，为火会打埝用，甚是善举，殊属可称。刻下津地河螃蟹甚肥，可供大嚼。弟因好图章，刻下现存图章壹百块上下，务祈阁下在东口有图章即买数十块，如无有俟回津时路过京都，祈买来亦可，愈多愈好。并祈在京都买铁笔数枝，并有好篆棣(隶)帖亦祈捎来数十部，价昂无碍，千万别忘。别无可报，敬候佳祈，统惟玉照不既。

如小弟涛顿首　七月十五日泐

并有弟所镌章数块并呈。

十一

前二十一日寄上第拾壹号信一函,并有猫部贺节、王含墨讣帖信二件,谅必早登台阅矣。谨将近日新闻列左:

张杏田病势已愈,于昨日已经上铺,祈无容挂念为要。王含翁令侄曾孙之讣帖,想已收到,祈无容送礼,弟已带(代)阁下送上呢幛壹轴,纹银四两。伊将呢幛收下,将纹银譬回,并有谢帖壹纸,奉上祈查收为要。再昨弟又刻图章数块,印在纸上,请哂是幸。别无可报,此致耀照,并询大安不另。

弟涛顿首 七月二十八日

十二

本月初四接到第五号手示,均以(已)捧读矣。谨将近日新闻列左:

前初三日午后一点钟,大雷大雨间,又加以核桃大冰雹,甚属利(厉)害,至三点雹雨俱止,而雷声犹然盈耳,至晚八点钟雷声初息,而顷刻大雨顷(倾)盆,至今日早六点钟方止,居然云开雾散矣。

按李鸿章兄至九月初间可以来津,王文韶兄降三级留任其间,原故不得其详。再弟闻阁下不日来津,如来时路过都门,千万与弟捎铁笔数枝,古帖数部,图章数块,要紧要紧别忘,非此不可。弟昨又镌图章数块,印在纸上呈览,祈哂政(正)为要。别无可报,此请升安,余惟朗照不备。

如下弟涛顿首 八月初五日泐

再祈捎鼠牙刀一枝。又及。

十三

耀廷我五仁哥大人如见:

别来届指中秋,遥稔芝辉,曷胜盼想。前忆上第拾参号信一函,谅必早登台阅。谨将近日新左,(漏掉"闻别"二字),以供赐览。

151

中秋色减。本月十四日晚，忽云光四合，雷声隐隐，顷刻大雨如注，至十五日早寅刻方止，一切卖瓜果者未免减色矣。至巳刻云开雾散，红日东升，虽天气晴明乎，而已道路泥泞矣。

寒暖不均。津门自前月初旬甚热，至中下旬甚凉，至本月初旬又微暖，至今十四日雨后又甚凉。我辈皆宜穿夹袄、夹坎肩之类，夜间皆用绵（棉）被两床方可，不然则恐泻腹矣。

持螯美趣。津门月之初旬以来，螃蟹甚肥，至今日如钟口大者津蚨二文，价可谓廉之极矣。持螯酌酒，何乐如之，可谓美趣矣。

随缘杂记。弟又镌图章数块奉上，祈晒正为要。并有王含翁致函，祈检收，别无可报，专此敬候升祺，余维惠照不一。

弟涛顿首　八月十八日泐

十四

前随李叔同信寄上信一件，谅必早登台阁，至今已数日，未知阁下将前烦之宣纸画就否？如画就祈随信寄下为祷。如未画就务祈速速画来为妙。不情之举，望阁下原佑（宥）是要。专此布悃，敬请耀廷五先生大人旅安。

愚弟顿首

十五

耀廷五哥仁大人足下：

久违雅教，抱歉无地。近稔履祉安燕，阖第吉羊，定符鄙祝。呈去静岩先生册页五册，望晒收，想吾哥博雅好古，谅不至以之覆瓿也。今冬仍拟出瓦研题词一书，印成当再奉鉴。印谱之事，工程繁琐，今年想又不能凑成矣。然至迟约在明春当定出书，至于盖印图章一事，尤须寄津求执事代办，缘沪地实无其人。至其详细，俟斟酌妥善，当再奉闻。此颂升祺。

弟惜霜拜白

此上两印，皆弟近日新刻者，又启。

十六

揖别芝颜，瞬经数月，望风怀想，能不伤悲。试思数月前，同在柜房内相聚，至今日金风玉露，甚是凄凉耳。遥维耀廷我如哥仁大人起居纳福，旅祉安善，为慰。启者弟于七月初五午后一点钟接到华函，捧读之下，敬悉种种。谨将近日新闻开列于左，敬呈台览。

按：津门由前月水势虽见长，仍未出漕（槽），至本月初一日下雨之后，居然出漕（槽），初二日大雨，初三日微晴，初四日大雨，初五日小雨，至今日大口水至三圣庵门口，东浮桥水至乾昌泰门口，两边皆有跳板。按天气至今日犹未晴明，水势有增无减。小监店、挂甲寺、梁家嘴子、锦衣卫桥堤，此四处皆开口子。弟家母浮厝材之处，其地较他地皆高丈余，至刻下已将坟头飘（漂）去，水有四尺多，连忙打庄订（桩钉）上，尚属无碍。弟之老茔地亦见水五六尺，此水势也。另有新闻一段，开列于左。

（炎臣注：所谓"另有新闻"一段，原信内没有）

致许幻园

一(一九○一年,上海)云间谱兄大人经席:

奉上素纸三叠,望察收。是序明正作好不迟,付印须二月时也。命书之件,略迟报命。前见示佳著,盥诵再四,哀艳之思,溢于毫素,佩甚佩甚。暇当掇拾数什,奉和大雅,但珠玉在前,而瓦砾恐瞠乎其后耳。雨雪雾时,知已倘有余暇,请到敝寓一叙。临颖依依,曷胜眷眷。即请大安!

如小弟成蹊顿状

二(一九○三年×月初三,上海)幻园老哥同谱大人左右:

别来将半载矣,比维起居万福,餐卫佳胜为颂。弟于前日由汴返沪,侧闻足下有返里之意,未识是否? 秋风菁鲈,故乡之感,乌能已已;料理归装,计甚得也。

小楼兄在南京甚得意,应三江师范学堂日文教习之选,束金颇丰,今秋亦应南闱乡试,闻二场甚佳,当可高攀巍科也。

兄已不在方言馆,终日花丛征逐,致迷不返,将来结局,正可自虑。专此,祇颂行安! 不尽欲言。

姻小弟广平顿初二日

三(一九○六年阴历八月三十日,日本)幻园吾哥:

手书敬悉。教员束脩,前嘱家兄汇申,不意至今尚未到著;今已致函催促,不日必可寄到。至零用一节,弟已函达子英君,请君与渠商酌可也。

弟自入美术学校后,每日匆忙万状,久未通讯,祈谅之。前《国民新闻》(大隈伯主持)将弟之肖影并书稿登出,兹奉呈一纸,请哂纳,匆匆上。

姻如小弟哀顿八月三十附呈致施君一函,祈转交。

以后惠书请写交"日本东京下谷区茶屋町一番地中村方李○○",因弟即日迁居也。

四(一九一三年阴历七月十六日,杭州)幻园兄:

今日又呕血,诵范肯堂《落照》(绝命诗)云:"落照原能媲旭辉,车声人迹尽稀微。可怜步步为深黑,始信苍茫有不归!"通人亦作乞怜语可哂也。

家国困穷,百无聊赖,速了此残喘,亦大佳事;但祝神谶去冬已为兄言,不吾欺也。

社中近有何变动?乞示其详。

适包君发行部来寓,弟气促气嘶,不暇细谈。代售杂志价洋已交来,当时弟未细算;顷始检查,似缺二圆二角有零。晤时便乞一询。

谱弟李息顿七月十六日

五(一九一三年,杭州)幻园谱兄:

承惠金至感。写件本当报命,奈弟近来大穷困,凡有写件,拟一律取润,乞转前途为幸。木印共十二颗,初六日刻好送下,至祷!

弟息顿首

致毛子坚

一（一九〇五年，日本）子坚弟先生：

前由懋盦处，获悉惠书，欣慰无似！兹奉赠《醒狮》一册，内有拙作数首，请教正。匆匆，不尽缕述。

叔同再拜

二（一九二一年阴历三月初五，杭州）子坚居士文席：

顷获手书，欣慰无似！音以杭地多故旧酬酢，将偕道侣程、吴二居士之温，觅清净兰若，息心办道。经营伊始，须资至多。程、吴二居士家非丰厚，音不愿使其独任是难。故托白民君代为筹谋，须资约计三百，以助其不足。至音寻常日用之资，为数至纤，不足为虑。仁者卖字之说，固是一法，然今非其时；俟他年大事已了，游戏世间俗事，则一切无碍矣。

上海有正书局，寄售《印光法师文钞》正续篇，极明显切实，希仁者请奉披诵。新闸坤范女学校自初八日始，每晚请范古农大士讲经，希仁者往听。一染识田，永为道种。人身难得，佛法难闻，能亲承范大士之圆音，尤非多生深植善根，不易值也。范大士解行皆美，具正知见，为末法之善知识。

音数年以来，亲近是公，获益匪浅。音于当代缁素之中，最崇服者于僧则印光法师，于俗则范大士。仁者如未能于晚间闻法，或于暇时访范大士一谈亦可。音与仁者多生有缘，故敢以是劝请。今后仁者善根重发，皈心佛法，倘有所咨询,音当竭诚以答。或愿阅诵经论,音当写其名目,记其扼要,以奉青览。今后通函,寄杭城内万安桥下银洞巷四号。廿日左右,当来沪,临时必可一晤也。率复,不具。

演音三月初五日东山、建藩诸居士,希为致念。

致天津周啸麟

一(一九○六年,日本)啸麟老哥左右:

兹有上海城东女学校长杨白民先生,到天津参观学务,乞足下为绍介一切(凡学校、工场、陈列所,以及他种有关于教育者)。如足下有暇,能陪渠一往尤佳,渠人地生疏,且语言不通,良多未便。务乞足下推爱照拂,感同身受。此请大安!

弟哀顿首

二(一九○七年,日本)谨启:

屡承惠学报,课暇披诵,至为欣慰,敬谢敬谢! 嘱写之件,月内当寄奉左右。匆匆。

白民先生弟哀顿首中二月十日

三(一九○七年阳历八月二十六日,日本)白民先生足下:

东都重逢,欢聚浃旬。行李匆匆,倏忽言别,良用惘然! 别来近状何似,学制粗具规模否? 金工教师,如准延用,当为代谋。束金之数,以五七十金为限否? 请即示复。

附呈致辑雯一书,乞转交。许子稚梅、黄子楚南,晤时乞为致相思。祗颂起居曼苐。

哀再拜八月廿六近日东都酷热,温度在八十以上。

四(一九一六年,杭州)白民老哥:

日前出山,曾复函,计达览否?

顷又奉到十六号寄来手书,屡承关注,感谢无似。前寄来琴书预约卷、《理学小传》等皆收到,因入山故,未能答复,为罪。

朴庵先生,乞为致谢。此复,即叩大安!

弟婴顿首

五(一九一七年,杭州)白民居士文席:

顷诵惠书,欢慰无似。范大师定于旧历正月初旬,来杭讲经(日期未定,俟定后再通知,大约在初二、三、四,约勾留三日左右)。仁者能于是时来杭最好,既可闻法,又可与故人晤谈也。如新年无暇,或年前亦可。

演音寓城内银洞桥银洞巷四号接引庵内,是庵旧称虎跑下院,现由了悟大师住持。演音暂寓是间,至明春元宵后,或移居玉泉。近来日课甚忙,每日礼佛、念佛、拜经、阅经、诵经、诵咒等,综计余暇,每日不足一小时。出家人生死事大,未敢放逸安居也。敬祝道福!

演音合十乞告梦非,油画像如是办法,甚佳。

六(一九一八年阴历十二月二十六日,杭州)白民居士:

顷由玉泉转来尊片,敬悉——。

贵恙已大痊否?为念!前后各经,皆已收到,谢谢!音拟在城内庵中度岁,明正廿左右返玉泉。率复,即颂痊安!

演音十二月廿六日明信片正面附言:

顷已移居城内万安桥下银洞桥四号接引庵内,以后通信,请寄是处。草草。演音居此暂不他住,月初不再返井亭庵矣。

七(一九一九年阴历七月二十四日,杭州)白民居士:

片悉,不慧于中旬返玉泉寺,暂不他适。南通事,前有友人代询详细情形,未有复音。鄙意拟俟前途再有真诚敦请,再酌去就,现在无须提及也。知念附闻。乍凉,惟珍摄不具。

演音七月廿四日

八(一九一九年,杭州)白民居士:

前奉片及《生西日课》等,甚感!君有暇至有正代请《梵网经菩萨戒疏》二本,金陵板《阿弥陀经义疏》一本全《弥陀经通赞》一本全共费七角余。

近日霜浓,蔬菜甘美。诸师甚盼君来玉泉小住也。

演音城东旧学生龚志振,嫁张换白君。夫妇信佛甚笃。顷在陶社结念佛,长期四十九日。有二子,亦已入学校,随侍念佛。程居士亦与斯会,附闻。

九(一九二○年,杭州)白民居士:

手笺诵悉,甚为欢慰!弟约于十八后因事须往玉泉(初二三返庵)。老和尚葬仪,仁者能于本月十五日以前,或在三月初旬来最善,此时音必在井亭庵也。艮山车站至庵二里,石板路,问人皆知庵之所在。若坐人力车,费在一角上下。若能预示一函,订准来杭日时,音届时可至艮山站奉迎,借以散步也。率复不具。

演音君在此养息数日,若送香金,恐庵中不收,不如送学生成绩画,裱好者一幅,与庵中住持,当甚喜悦也。上款写清尘大和尚。

十(一九二○年,杭州)白民居士:

在沪欢聚,为慰!音不久将入新城贝山掩关,一心念佛。向承仁者及诸旧友竭力维持,办道所需,已可足用。自今以后,若非精进修持,不唯上负佛恩,亦负君等之厚德。故拟谢绝人事,一意求生西方,当来回入娑婆,示现尘劳,方便利生,不废俗事。今非其时,愿仁者晤旧友时,希为善达此意也。

演音

十一(一九二○年阴历六月十三日,杭州)白民居士文席:

音定于十八日入城,寓接引庵,廿晨之新城掩关。同行者有程居士,亦同时掩关,谢绝人事。他年启关有期,再当致函相告,请仁者入山晤谈也。谨致短简,以志诀别,幸珍重为道自爱。不具。

演音六月十三日惜阴居士于廿后返沪,带上大条幅,敬赠仁者。又一小条幅,乞交一亭;又经数页,乞交子坚为祷。

十二(一九二一年阴历二月初五日,杭州)白民居士文席:

顷与程居士面商,大约音处筹资三百,即可足数。新之君已交来百元,再有二百即可无虑。子坚君顷来函,即作书答之,忘其住址,附奉,乞君转交为感。费神容晤申谢。草此奉闻,即颂近佳!

演音二月初五日

十三(一九二一年阴历二月二十七日,杭州)白民居士文席:

前上一片,计达青览。音定于下月初十左右,同程、吴二居士及某上人至沪,搭轮赴温。至温后同觅合宜之寺院,出资承接。未赴沪以前,即寓接引庵内,不再他徙,以后通讯,迳寄是处可也。良晤匪遥,容面详谈。草草不具。

演音二月廿七日

十四(一九二一年阴历三月初十,杭州)白民居士:

顷奉手示敬悉——。前与程居士晤谈,音处有金三百,大约即可足用。屡承仁者鼎力筹划,其数已可足用(前梦非来函,谓渠与质平合赠百元)。此事全仗仁者爱念维持,他日道业成就,与皆仁者护法之力也,感谢无既。现在程、吴二居士,因事他往。俟二居士返杭,即订期赴温州,期前再以函通告仁者。良晤不远,容晤申谢。即颂近佳。

演音敬复三月初十日

十五(一九二一年,杭州)白民居士:

前奉手书敬悉——(屡烦琐渎,至为不安)。有便再乞到有正书局,代请《灵峰宗论》两部(每部约一元余,扬州版),请妥交梦非带至嘉兴,请周佚生君再带至杭州,送银洞巷接引庵参龙老和尚,转交虎跑弘济上人收。演音刻在虎跑居月余,因料理弘济、弘净二师弟到宁波入学事,匆匆不具。

演音

致陆丹林

（一九一三年，杭州）丹林道兄左右：

昨午雨霁，与同学数人泛舟湖上，山色如娥，花光如颊，温风如酒，波纹如绫。才一举首，不觉目醋神醉。山容水态，何异当年袁石公游湖风味？惜从者栖迟岭海，未能共挹西湖清芬为快耳。薄暮归寓，乘兴奏刀，连治七印，古朴浑厚，自审尚有是处。从者属作两钮，寄请法政。或可在红树室中与端州旧砚，曼生泥壶，结为清供良伴乎？

著述之余，盼复数行，藉慰遐思！春寒，惟为道自爱。不宣。

岸白

杂 文 随 笔

若要写篆字的话，可先参看《说文》这一类的书。有一部清人吴大（吴大：清代文字学家，江苏吴县人，精于古文字学，著有《说文部首》、《字说》、《说文古籀补》等文字学著作多部，在字学上颇具创见。）的《说文部首》，那不可缺少的。因为这部书很好，便于初学，如果要学写字的话，先研究这一部书最好。

呜呼！ 词章！

　　予到东后，稍涉猎日本唱歌，其词意袭用我古诗者，约十之九五（日本作歌大家，大半善汉语）。我国近世以来，士习帖括、词章之学，金蔑视之。挽近西学除入，风靡一时，词章之名辞几有消灭之势……迨见日本唱歌，反啧啧称其理想之奇妙，凡我古诗之唾余，皆认为岛夷所固有，既出冷于大雅，亦贻笑于外人矣（日本学者皆通《史记》、《汉书》，昔有日本人举"史""汉"事迹置诸吾国留学生，而留学生茫然不解其所谓，且不知《史记》、《汉书》为何物，至使日本人传为笑柄）。

图画修得法

我国图画,发达盖章。黄帝时史皇作绘,图画之术,实肇乎是。是周聿兴,司绘置专职,兹事浸盛。汉唐而还,流派灼著,道乃烈矣。顾秩序杂,教授鲜良法,浅学之士,靡自窥测。又其涉想所及,狃于故常,新理眇法,匪所加意,言之可为于邑。不佞航海之东,忽忽逾月,耳目所接,辄有异想。冬夜多暇,掇拾日儒柿山、松田两先生之言,间以己意,述为是编。夫唯大雅,倘有取于斯欤?

第一章　图画之效力

浑浑圆球,汶汶众生,洪荒而前,为萌为芽,吾靡得而论矣。迨夫社会发达,人类之思想浸以复杂。而达兹思想者,厥有种种符号。思想愈复杂,符号愈精密。其始也蟠屈其指,作式以代,艰苦万状,阙略滋繁。厥后代以语言,发为声响,凡一己之思想感情,金能婉转以达之,为用便矣。然范围至狭,时间綦促,声响飘忽,霎不知其所极,其效用犹未为完全也。于是制文字、尚纪录,传诸久远,俾以不朽。虽然社会者,经岁月而愈复杂者也。吾人之思想感情,亦复杂日进,殆鲜底止,而语言文字之功用,有时或穷。例如今有人千百,状人人殊。必一一形容其姿态服饰,纵声之舌、笔之书,匪涉冗长;即病疏略,殆犹不毋遗憾。而所以弥兹遗憾、济语言文字之穷者,是有道焉。厥道为何?曰唯图画。

图画者,为物至简单,为状至明确。举人世至复杂之思想感情,可以一览得之。挽近以还,若书籍、若报章、若讲义,非不佐以图画,匡文字语言之不逮。效力所及,盖有如此。

说者曰:图画者,娱乐的,非实用的。虽然,图画之范围綦广,匪娱乐的一端所能括也。夫图画之效力,与语言文字同,其性质亦复相似。脱以图画属娱乐的,又何解于语言文字?倡优曼辞独非语言,然则闻倡优曼辞,亦谓语言,属娱乐的乎?小说传奇独非文字,然则诵小说传奇,亦谓文字,属娱乐的乎?三尺童子当知其不然矣。人有恒言曰:言语之发达,与社会之发达相关系。今请易其说曰:图画之发达,与社会之发达相关系,蔑不可也。人有恒言曰:诗为无形之画,画为无声之诗。今请易其说曰:语言者,无形之图画,图画者,无声之语言,蔑不可也。若以专门技能言之,图画者,美术工艺之源本。脱疑吾言,曷鉴泰西?一千八百五十一年,英国设博览会,而英产工艺品居劣等。揆厥由来,则以竺守旧法故。爰憬然自省,定图画为国民教育必修科。不数稔,而英国制造品外观优美,依然震撼全欧。又若法国,自万国大博览会以来,不惜财力、时间、劳力,以谋图画之进步,置图画教育视学官,以奖励图画,而法国遂为世界大美术国。其他若美若日本,金模范法国,其美术工艺,亦日益进步。夫一叶之绢,一片之木,脱加装饰,顿易旧观。唯技术巧拙,各不相将,价值高下,爰判等差。故有同质同量之物,其价值不无轩轾者,盖有由也。匪直兹也,图画家将绘某物,注意其外形姑勿论,甚至构成之原理、部分之分解,纵极纤屑,靡不加意。故图画者可以养成绵密之注意,锐敏之观察,确实之知识,强健之记忆,着实之想象,健全之判断,高尚之审美心(今严冷之实利主义,主张审美教育,即美其情操,启其兴味,高尚其人品之谓也)。此图画之效力关系于智育者也。若夫发审美之情操,图画有最大之伟力。工图画者其嗜好必高尚,其品性必高洁。凡卑污陋劣之欲望,靡不扫除而淘汰之,其利用于宗教、教育、道德上为尤著,此图画之效力关系于德育者也。又若为户外写生,旅行郊野,吸新鲜之空气,览山水之佳境,运动肢体,疏瀹精气,手挥目送,神为之怡,此又图画之效力关系于体育者也。今举前所述者,括其大旨,表之如下:

图画之效力实质上普通之技能

专门之技能

形式上智育上

德育上

体育上

第二章　图画之种类

图画之种类至繁綦赜,匪一言所可殚。然以性质上言之,判图与画为两种。若建筑图、制作图、装饰图模样等,又不关于美术工艺上者,有地图、海图、见取图(见取图:即示意图。)、测量图、解剖图等,皆谓之图,多假器械补助而成之。若画者,不以器械补助为主。今吾人所习见者,若额面(额面:即带框的画。)、若轴物、若画帖,皆普通画也。又以描写方法上言之,判为自在画与用器图两种。凡知觉与想象各种之象形,假目力及手指之微妙以描写者,曰自在画。依器械之规矩而成者,曰用器图。之二者为近今最普通之名称。表其分类之大略如下:图画自在画日本画传自支那:

颇多变化。

今所存者,

厥有数派。土佐派

狩野派

南宗派

岸派

圆山派

四条派

浮世派

新派汇集诸派,参以西洋

画之长,谓之新派

西洋画明治十年后,欧洲输入者,流派颇繁,

姑不具论。述其种类,大略如下:铅笔画

擦笔画

钢笔画

水彩画

油绘

用器画几何图

投影图

阴影图

第三章　自在画概说

一、精神法吾人见一画,必生一种特别之感情。

若者严肃,若者滑稽;若者激烈,若者和蔼;若者高尚,若者潇洒;若者活泼,若者沉着。凡吾人感情所由发,即画之精神所由在。精神者千变万幻,匪可执一以搦之者也。竹茎之硬直,柳枝之纤弱,兔之轻快,豚之鲁钝,其现象虽相反,其精神正以相反而见。殊于成心求之,真矣。故作画者必于物体之性质、常习、动作研核翔审,握管写,庶几近之。

二、位置法论画与画面之关系曰位置法。

普通之式,画面上方之空白,常较下方为多。特别之式,若飞鸟、氢气球等自然之性质偏于上方,宜于下方多留空白,与普通之式正相反。又若主位偏于一方,有一部歧出,其歧出之地之空白,宜多于主位。其他,向左方之人物,左方多空白;向右方之人物,右方多空白。位置大略,如是而已。

三、轮廓法大宙万类,象形各殊。

然其相似之点正复不少。集合相似之点,定轮廓法凡七种。

甲竿状体火箸、鞭、杖、棒、旗杆、钓竿、枪、笔、铅笔、帆樯、弓、矢、笛、锹、铳、军刀、筏乘等之器用;竹、蔺草、女郎花等之禾本类隶焉。

乙正方体(立方平板体、长立方体属此类)手巾、包袱、石板、书籍、书套、算

盘、皮箱、箱子、方盒、砚台、笔袋、镜台、方圆章、方瓶、大盆、烟草盆、刷毛、尺、桥床、几、方椅、方凳、马车、汽车、汽船、军舰、帆船、衣服折等之器用;马、牛、鼠、鹿、猫、犬等之兽类隶焉。

丙球(椭圆卵形属此类)日、月、蹴球、达摩、假面、茶壶、茶碗、釜、地球仪、瓢帽、眼镜等之器用;桃、李、橘、梨、橙、柿、栗、枇杷、西瓜、南瓜、茄子、葫芦、水仙根、玉葱等之果实野菜类;鸠、家鸭、莺、燕、百舌、鹤、雀、鹭等之鸟类;各种之花类;有姿势之兔、鼠、金鱼、龟、茧等隶焉。

丁方柱道标、桥栏、邮筒、书箱、纪念碑、五重塔、阶段、家屋等隶焉。

戊方锥亭、街灯、金字塔、炭斗或家屋、建筑物等隶焉。

已圆柱竹筒、印泥盒、饭桶、灯笼、鼓、手卷、千里镜、笔筒等之器用类;乌瓜、丝瓜、胡瓜、白瓜、萝卜、藕、菜豆等之野菜类;鳅、鳗、鲇等之鱼类隶焉。

庚圆锥独乐、喇叭、笠、伞、蜡烛、桶、洋灯、杯、壶、臼、杵、锥、锚、电灯罩等隶焉。

又有结合七种之形态,成多角体之轮廓。凡花草、虫鱼、鸟兽、人物、山水等,属此类者甚多。

西湖夜游记

　　壬子七月,余重来杭州,客师范学舍。残暑未歇,庭树肇秋,高楼当风,竟夕寂坐。越六日,偕姜、夏二先生游西湖。于时晚晖落红,暮山被紫,游众星散,流萤出林。湖岸风来,轻裾致爽。乃入湖上某亭,命治茗具。又有菱芰,陈粲盈几。短童侍坐,狂客披襟,申眉高谈,乐说旧事。庄谐杂作,继以长啸,林鸟惊飞,残灯不华。起视明湖,莹然一碧;远峰苍苍,若现若隐,颇涉遐想,因忆旧游。曩岁来杭,故旧交集,文子耀斋,田子毅侯,时相过从,辄饮湖上。岁月如流,倏逾九稔。生者流离,逝者不作,坠欢莫拾,酒痕在衣。刘孝标云:"魂魄一去,将同秋草。"吾生渺茫,可唏然感矣。漏下三箭,秉烛言归。星辰在天,万籁俱寂,野火暗暗,疑似青磷;垂杨沉沉,有如酣睡。归来篝灯,斗室无寐,秋声如雨,我劳如何? 日暝意倦,濡笔记之。

近世欧洲文学之概观

中世古典派文学（Classic）瑰伟卓绝，磅礴大宇，及十八世纪初期，其势力犹不少衰。操觚簪笔家佥据是为典则。其后承法兰西革命影响，而热烈真挚之诗风，乃发展为文艺界一大新思潮，即传奇派（Romantic）是。迨至十九世纪，基于自己之进步，现实观之发达，乃更尚精致之描写，及确实之诗材，而写实主义与自然主义遂现于十九世纪后半期。及夫末叶，反动力之新理想派，乃萌芽于欧洲。

以上其概略。更分述之如左（下）：

第一章　英吉利文学

当十八世纪之末叶，冷索单调之诗文，浸即衰废。研究古诗民谣者日益众，故其文学富于清新之趣。至一七九八年 W. Wordsworth 与 S. T. Coleridge 合著之《抒情诗集》（《LyricalBollades》）乃现于世。两氏唱诗文之革新，为真挚文学之先驱，世称为近世诗学之祖，又谓一七九八年为英吉利文学诞生之年。W. Wordsworth（1770－1850）之作品不炫奇异，然清新高远，热情奔放为其特长。S. T. Coleridge（1772－1834）学问深邃，思想幽渺，且具锐利之批评眼，其作品以格调之真挚、押韵之自由为世所叹赏，门人友戚受彼之感化者甚众。

其后 Walter Scott（1771－1832）、George Gordon Byron（1778－1824）两大

家出。Scott 有戏曲的天才,其文雄健,其诗丰丽,为历史小说之祖。Byron 之诗,久传诵于世界大陆,近世文学颇受其感化。Byron 氏贫困又苦于家室之累,因于一八二四年去故国,投希腊独立军,遂死其地。

Percy Bysshe Shelley(1792－1822)亦因教权之压抑,避居南欧,为薄命理想之诗人。其作品幽婉高妙,且示神秘之倾向。

承大革命影响之诗风,止于 Shelley。其时又有以卓绝之才识开辟一新诗风者,即 John Keats(1795－1821)是。Keats 氏所著之诗,凡古典之精神及绚烂之色彩,两者兼备。故外形内容皆纯洁完美,无毫发憾。

Alfred Tennyson(1809－1892),世称为十九世纪集大成之诗家。其名著《The Princess》(1847 年出版)、《In Memoriam》(1850 年出版)、《Idylls of the King》(1859 年出版)为世所传诵。

Robert Browning(1812－1889)与 Tennyson 齐名,以笔力之怪郁、涉相之高峻称于世。

此外 Dante Gabriel Rossetti(1828－1882)及 William Morris(1834－1896)共于绘画界受 PreRaphaelitism 派之感化。其抒情诗篇,写中古之趣味及敬虔之信念。

Algernan Charles Swinburne(1837－1909),亦属此派,学问深邃,以诗歌之形式美,卓绝于现代之文坛。

本世纪之小说界,Scott 颇负盛名,至 Victoria 时代,Charles Dickens(1812－1870)及 William Makepeace Thackeray(1811－1863)两大家出,前者善描写市街之光景及下民之状态,后者善以轻妙之语调描写上流绅士社会之表里,共于小说界放一异彩。

George Eliot(1816 此为李叔同所误。George Eliot 应生于 1819 年。1810)及 Charles Kingslay(1819－1875)亦以思想之高远与语调之雄浑名于时。至最近 Stavanson(1850－1894)以劲健洒脱之文体,作美文小说。Meradith(1828－1909)以高远之思想,精微之观察,雄飞于现代文坛。其他,Charles Lemb(1775－1834)、De Quencey(1785－1859),共以独特之散文、随笔负盛名。

至本世纪之中叶,英吉利批评大家有 Carlyle 及 Macaulay,其后 Ruskin、Arnold、Pater、Symonds 等相继兴起,为评论界放灿烂之光彩。

Carlyle(1791－1881),思想雄浑,笔力遒劲,著有《英雄崇拜论》(《Hero-worship》)传诵一时。彼始于文艺批评,其后渐进于社会批评、文明批评之方面。

Macaulay(1800－1859),其前半生为政界之伟人,作印度帝国之基础;后半生为批评家,执评坛之牛耳。其大作《英吉利史》为不朽之名著。

Ruskin(1819－1900),世称为十九世纪之预言家,于英吉利为美术评论之先辈。其代表之大作为《近世画家论》(《Mordern Painters》),力持自然主义,为美术界所惊叹。此外,研究艺术之著述有《建筑七灯》(《The Seven Lamps Architecture》)等,评论正确,文章亦幽丽可诵。

Arnold(1820－1888),思想雄大高峻,且富于雅趣,实在 Ruskin 之上。一八六五年出版之《批评论集》(《Essays in Criticism》)为其代表之作。

以上所述之 Ruskin 及 Arnold 二氏,为十九世纪中叶以后批评坛之代表。

Pater(1839－1894),精于修辞,其文体足冠近代。著有《文艺复兴史之研究》(《Studies in the History of Renaissance》)。关于文学美术,研究精审,颇多创解。

Symonds(1840－1893)与 Pater 同精于文艺复兴期之研究,著有《意大利文艺复兴论》(《The Renaissance in Italy》)。Symonds 氏于评论文学美术外,兼及于政治宗教之方面。

十九世纪剧坛名家,以 Pinero(1855)、Henry、Arthur Johns(1851)、Shaw(1856)等最负盛名。

此文原有多章,因《白阳》只出诞生号一期,故仅刊出《英吉利文学》第一章,余已散失。

谈写字的方法

前几年冬天的时候,我也常常到南普陀寺来,看到大殿、观音殿及两廊旁边的栏杆上,排列了很多很多的花,尤其正在过年的时候,更是多得很,多得很。

其中有一种名叫"一品红"(按闽南人称为圣诞花,其顶端之叶均作红色。学名为 Euphorbia Pulcherrima)的,颜色非常的鲜明,非常的好看,可以说是南国特有的一种风味,特有的色彩。每当残冬过去、春天快到来的时候,把它摆出来,好像是迎春的样子,而气象确也为之一新。

我于去年冬天到这里来,心中本来预料着,以为可以看到许多的"一品红"了。岂知一到的时候,空空洞洞,所看到的,尽是其他的花草,因而感到很伤心。为什么?以前那么多的"一品红",现在到哪里去了呢?找来找去,找了很久,只在那新功德楼的地方,发现了三棵,都是憔悴不堪,颜色不大鲜明很怨惨的样子。也没有什么人要去赏玩了。于是使我联想到佛教养正院:过去的时候,也曾经有很光荣的历史,像那些"一品红"一样,欣欣向荣,有无限的生机;可是现在,则有些衰败的气象了。

养正院开办已经三年了,这期间,自然有很多可纪念的事迹,可是观察其未来,则很替它悲观,前途很不堪设想。我现在在南普陀这里,还可以看到养正院的招牌,下一次再来的时候,恐怕看不到了。这一次,也许可以说是我"最后的演讲"。

174

一

这一次所要讲的,是这里几位学生的意思——要我来讲"关于写字的方法"。

我想写字这一回事,是在家人的事,出家人讲究写字有什么意思呢? 所以,这一讲讲写字的方法,我觉得很不对。因为出家人假如只会写字,其他的学问一点不知道,尤其不懂得佛法,那可以说是佛门的败类。须知出家人不懂得佛法,只会写字,那是可耻的。出家人唯一的本分,就是要懂得佛法,要研究佛法。不过,出家人并不是绝对不可以讲究写字的,但不可用全副精神,去应付写字就对了;出家人固应对于佛法全力研究,而于有空的时候,写写字也未尝不可。写字如果写到了有个样子,能写对子、中堂来送与人,以作弘法的一种工具,也不是无益的。

倘然只能写得几个好字,若不专心学佛法,虽然人家赞美他字写得怎样的好,那不过是"人以字传"而已。我觉得:出家人字虽然写得不好,若是很有道德,那么他的字是很珍贵的,结果都是能够"字以人传";如果对于佛法没有研究,而是没有道德,纵能写得很好的字,这种人在佛教中是无足轻重的了,他的人本来是不足传的。即能"人以字传"——这是一桩可耻的事,就是在家人也是很可耻的。

今天虽然名为讲写字的方法,其实我的本意是要劝诸位来学佛法的。因为大家有了行持,能够研究佛法,才可利用闲暇时间,来谈谈写字的法子。

关于写字的源流、派别,以及笔法、章法、用墨……古人已经讲得很清楚了,而且有很多的书可以参考,我不必多讲。现在就我个人关于写字的心得及经验,随便来说一说。

诸位写字的成绩很不错。但是每天每个人只限定写一张,而且只有一个样子,这是不对的。每天练习写字的时候,应该将篆书、大楷、中楷、小楷四个样子,都要多多地写与练习。如果没有时间,关于中楷可以略掉;至于其他的字样,是缺一不可的,且要多多的练习才对。我有一点意见,要贡献给诸位,下面所说的几种方法,我认为是很重要的。

二

我对于发心学字的人,总是劝他们:先由篆字学起。为什么呢？有几种理由：

(一)可以顺便研究《说文》,对于文字学,便可以有一点常识了。因为一个字一个字都有它的来源,并不是凭空虚构的,关于一笔一画,都不能随随便便乱写的。若不学篆书,不研究《说文》,对于字学及文字的起源就不能明白——简直可以说是不认得字啊！所以写字若由篆书入手,不但写字会进步,而且也很有兴味的。

(二)能写篆字以后,再学楷书,写字时一笔一画,也就不会写错的了。我以前看到养正院几位学生所抄写的稿子,写错的字很多很多。要晓得:写错了字,是很可耻的——这正如学英文的人一样,不能把字母拼错一个。若拼错了字,人家怎么认识呢？写错了我们自己的汉文字,更是不可以的。我们若先学会了篆书,再写楷字时,那就可以免掉很多错误。此外,写篆字也可以为写隶书、楷书、行书的基础。学会了篆字之后,对于写隶书、楷书、行书就都很容易——因为篆书是各种写字的根本。

若要写篆字的话,可先参看《说文》这一类的书。有一部清人吴大(吴大:清代文字学家,江苏吴县人,精于古文字学,著有《说文部首》、《字说》、《说文古籀补》等文字学著作多部,在字学上颇具创见)。的《说文部首》,那不可缺少的。因为这部书很好,便于初学,如果要学写字的话,先研究这一部书最好。

既然要发心学写字的话,除了写篆字而外,还有大楷、中楷、小楷,这几样都应当写。我以前小孩子的时候,都通通写过的。至于要学一尺二尺的字,有一个很简便的方法:那就可用大砖来写,平常把四块大砖拼合起来,做成桌子的样子,而且用架子架起来,也可当桌子用;要学写大字,却很方便,而且一物可供两用了。

大笔怎样得到呢？可用麻扎起来做大笔,要写时,就可以任意挥毫。大砖在南方也许不多,这里倒有一个方面可以替代:就是用水门汀拼起来成为桌子。而用麻来写字,都是一样的。这样一来,既可练习写字,而纸及笔,也就经济得多了。

篆书、隶书乃至行书都要写,样样都要学才好;一切碑帖也都要读,至少要浏览一下才可以。照以上的方法学了一个时期以后,才可专写一种或专写一体。这是由博而约的方法。

三

至于用笔呢?算起来有很多种,如羊毫、狼毫、兔毫等。普通是用羊毫,紫毫及狼毫亦可用,并不限定哪一种。最要注意的一点,就是写大字须用大笔,千万不可用小笔!用小的笔写大字,那是很错误的。宁可用大笔写小字,不可以用小笔写大字。

还有纸的问题。市上所售的油光纸是很便宜的,但太光滑,很难写。若用本地所产的粗纸,就无此毛病的了。我的意思:高年级的同学可用粗纸,低年级的可用油光纸。

此地所用的有格子的纸,是不大适合的,和我们从前的九宫格的纸不同。以我的习惯而论,我用九宫格的方法,就不是这个样子。现在画在下面,并说明我的用法:

若用这种格子的纸,写起字来,是很方便的,这样一来,每个字都有规矩绳墨可守的。如写大楷时,两线相交的地方,成了一个十字形,就不致上下左右不相对称了。要晓得:写字总不能随随便便。每个字的地位要很正,要不偏左不偏右,不上不下,要有一定的标准。因为线有中心点,初学时注意此线,则写起来,自然会适中、很"落位"了。

平常写字时,写这个字,眼睛专看这个字,其余的字就不管,这也是不对的。因为上面的字,与下面的字都有关系的——即全部分的字,不论上下左右,都须连贯才可以。这一点很要紧,须十分注意。不可以只管写一个字,其余的一切不去管它。因为写字要使全体都能够配合,不能单就每个字去看的。

177

　　再有一点须注意的：当我们写字的时候，切不可倚在桌上，须使腕高高地悬起来，才可以运用如意。悬腕固好，假如肘部要倚着，那也无妨。至于小楷，则可以倚在桌上，不必悬腕的。

四

　　以上所说的，是写字的初步法门。现在顺便讲讲关于写对联、中堂、横披、条幅等的方法。

　　我们写对联或中堂，就所写的一幅字而论，是应该有章法的。普通的一幅中堂，论起优劣来，有几种要素须注意的。现在估量其应得的分数如下：

　　章法五十分；

　　字三十五分；

　　墨色五分；

　　印章十分。

　　就以上四种要素合起来，总分数可以算一百分。其中并没有平均的分数。我觉得其差异及分配法，当照上面所分配的样子才可以。

　　一般人认为每个字都很要紧，然而依照上面的记分，只有三十五分。大家也许要怀疑，为什么章法反而分数占多数呢？就章法本身而论，它之所以占着重要的原因，理由很简单——在艺术上有所谓三原则，即：

　　（一）统一；

　　（二）变化；

　　（三）整齐。

　　这在西洋绘画方面是认为很重要的。我便借来用在此地，以批评一幅字的好坏。我们随便写一张字，无论中堂或对联，普通将字排起来，或横或直，首先要能够统一，字与字之间，彼此必须相联络、互相关系才好。但是单止统一也不能的，呆板也是不可以的，须当变化才好。若变化得太厉害，乱七八糟，当然不好看。所以必须注意彼此互相联络、互相关系才可以的。

　　就写字的章法而论，大略如此。说起来虽很简单，却不是一蹴可就的。这需要经验的,多多地练习,多看古人的书法以及碑帖,养成赏鉴艺术的眼光,自己能常去体认,从经验中体会出来,然后才可以慢慢地养成,有所成就。

所谓墨色要怎样才可以?即质料要好,而墨色要光亮才对。还有,印章盖坏了,也是不可以的。盖的地方要位置设中,很落位才对。所谓印章,当然要刻得好,印章上的字须写得好。至于印色,也当然要好的。盖用时,可以盖一颗两颗。印章有圆的方的,大的小的不一,且有种种的区别。如何区别及使用呢?那就要于写字之后再注意盖用,因为它也可以补救写字时章法的不足。

五

以上所说的,是关于写字的基本法则。可当做一种规矩及准绳讲,不过是一种呆板的方法而已。

写字最好的方法是怎样,用哪一种的方法才可以达到顶好顶好的呢?我想诸位一定很热心的要问。

我想了又想,觉得想要写好字,还是要多多地练习,多看碑,多看帖才对,那就自然可以写得好了。

诸位或者要说,这是普通的方法,假如要达到最高的境界须如何呢?我没有办法再回答。曾记得《法华经》有云:"是法非思量分别之所能解。"我便借用这句子,只改了一个字,那就是"是字非思量分别之所能解"了。因为世间上无论哪一种艺术,都是非思量分别之所能解的。

即以写字来说,也是要非思量分别才可以写得好的。同时要离开思量分别,才可以鉴赏艺术,才能达到艺术的最上乘的境界。

记得古来有一位禅宗的大师,有一次人家请他上堂说法,当时台下的听众很多,他登台后默默地坐了一会儿以后,即说:"说法已毕。"便下堂了。所以,今天就写字而论,讲到这里,我也只好说"谈写字已毕了"。

假如诸位用一张白纸(完全是白的),没有写上一个字,送给教你们写字的法师看,那么他一定说:"善哉,善哉!写得好,写得好!"

诸位听了我所讲的以后,要明白我的意思——学佛法最为要紧。如果佛法学得好，字也可以写得好的。不久会泉法师（会泉法师：闽南佛教界名宿，曾任南普陀住持多年。）要在妙释寺讲《维摩经》，诸位有空的时候，要去听讲，要注意研究。经典要多多地参考，才能懂得佛法。

我觉得最上乘的字或最上乘的艺术，在于从学佛法中得来。要从佛法中研究出来，才能达到最上乘的地步。所以，诸位若学佛法有一分的深入，那么字也会有一分的进步，能十分的去学佛法，写字也可以十分的进步。

今天所说的已经很够了。奉劝诸位：以后要勤求佛法，深研佛法。

《二十自述诗》序

　　堕地苦晚，又撄尘劳。木替花荣，驹隙一瞬。俯仰之间，岁已弱冠。回思曩事，恍如昨晨。欣戚无端，抑郁谁语？爰托毫素，取志遗踪。旅邸寒灯，光仅如豆，成之一夕，不事雕。言属心声，乃多哀怨。江关庾信，花鸟徐陵。为溯前贤，益增惭！凡属知我，庶几谅予。

庚子正月

《音乐小杂志》序

　　闲庭春浅,疏梅半开。朝曦上衣,软风入媚。流莺三五,隔树乱啼;乳燕一双,依人学语。上下宛转,有若互答,其音清脆,悦魄荡心。若夫萧辰告悴,百草不芳;寒蛩泣霜,杜鹃啼血;疏砧落叶,夜雨鸣鸡。闻者为之不欢,离人于焉陨涕。又若登高山,临钜流,海鸟长啼,天风振袖,奔涛怒吼,更相逐搏,砰磅訇礚,谷震山鸣。懦夫丧魄而不前,壮士奋袂以兴起。呜呼!声音之道,感人深矣。惟彼声音,佥出天然;若夫人为,厥有音乐。天人异趣,效用靡殊。

　　夫音乐,肇自古初,史家所闻,实祖印度;埃及传之,稍事制作;逮及希腊,乃有定名,道以著矣。自是而降,代有作者,流派灼彰,新理泉达,瑰伟卓绝,突轶前贤。迄于今兹,发达益烈。云水涌,一泻千里。欧美风靡,亚东景从。盖琢磨道德,促社会之健全;陶冶性情,感情神之粹美。效用之力,宁有极矣。

　　乙巳十月,同人议创《美术杂志》,音乐隶焉。乃规模粗具,风潮突起。同人星散,瓦解势成。不佞留滞东京,索居寡侣,重食前说,负疚何如?爰以个人绵力,先刊《音乐小杂志》,饷我学界,期年二册,春秋刊行。蠡测莛撞,矢口惭讷。大雅宏达,不弃窳陋,有以启之,所深幸也。

　　呜呼!沈沈乐界,眷予情其信芳。寂寂家山,独抑郁而谁语?矧夫湘灵瑟渺,凄凉帝子之魂;故国天寒,呜咽山阳之笛。春灯燕子,可怜几树斜阳;玉树后庭,愁树一钩新月。望凉风于天末,吹参差其谁思!冥想前尘,辄为怅惘。旅楼一角,长夜如年。援笔未终,灯昏欲泣。

　　时丙午正月三日

赠夏尊篆刻题记

　　十数年来，久疏雕技。今老矣，离俗披剃，勤修梵行，宁复多暇耽玩于斯？顷以幻缘，假立臣臣：即"私"字。名及以别字，手制数印，为志庆喜。后之学者览兹残砾，将毋笑其结习未忘耶？

　　于时岁阳玄吷舍佉月白分八日

　　余与尊相交久，未尝示其雕技，今赍以供山房清赏。

　　弘裔沙门僧胤并记

晚晴院额跋

唐人诗云："人间爱晚晴。"髫龀之岁喜诵之。今垂老矣，犹复未忘，亦莫自知其由致也。因颜所居曰"晚晴院"，聊以纪念旧之怀耳。书者永宁陶长者文星，年九十三。陶长者既为余书晚晴院额，张居士蔚亭，并写此本。耄德书翰，集于一堂，弥足珍玩，不胜忭跃。

沙门弘一识